# PANIQUE À
# LA CLINIQUE

# Le funeste destin des Baudelaire

par LEMONY SNICKET

traduit par Rose-Marie Vassallo

Huitième volume

# PANIQUE À
# LA CLINIQUE

ﭼ

Catalogage avant publication de la Bibliothèque nationale du Canada

Snicket, Lemony

  Panique à la clinique

  (Le funeste destin des Baudelaire ; 8e)
  Traduction de : The Hostile Hospital.
  Pour les jeunes de 10 à 16 ans.
  ISBN 2-7625-2111-4

  I. Helquist, Brett. II. Vassallo, Rose-Marie. III. Titre. IV. Collection: Snicket,
  Lemony. Funeste destin des Baudelaire ; 8e.

  PZ23.S599Pa 2005            j813'.54          C2005-940211-3

**The Hostile Hospital**
Copyright du texte © 2001 Lemony Snicket
Copyright des illustrations © 2001 Brett Helquist
Publié par HarperCollins Publishers Inc.

Version française
© Éditions Nathan 2004
Pour le Canada
© Les éditions Héritage inc. 2005
Tous droits réservés

Infographie et mise en pages : Jean-Marc Gélineau
Révision : Ginette Bonneau

Dépôts légaux : 1er trimestre 2005
Bibliothèque nationale du Québec
Bibliothèque nationale du Canada

ISBN : 2-7625-2111-4          Imprimé au Canada

10  9  8  7  6  5  4  3  2  1

LES ÉDITIONS HÉRITAGE INC.
300, rue Arran, Saint-Lambert (Québec) J4R 1K5
Téléphone : (514) 875-0327
Télécopieur : (450) 672-5448
Courriel : info @ editionsheritage.com

ﭼ

*Pour Beatrice*

Sans toi,
l'été est plus froid que l'hiver ;
Sans toi,
l'hiver est plus glacial encore.

# CHAPITRE

# 1

Il peut y avoir deux raisons pour qu'une phrase s'achève par le mot « stop » écrit en lettres capitales, STOP. La première est que cette phrase figure dans un télégramme, autrement dit un message codé transmis par câble électrique. Dans un télégramme, chaque phrase se termine par STOP. La deuxième est que son auteur souhaite mettre le lecteur en garde : les lignes qui suivent sont insoutenables, prière de ne pas lire un mot de plus, STOP.

Ce livre-ci, par exemple, relate un pan de la vie des orphelins Baudelaire si sombre et si calamiteux que, si vous aviez pour deux sous de bon sens, vous l'auriez déjà jeté du haut d'une falaise. Mais je vois bien qu'il n'en est rien, vous êtes encore en train de lire – alors, pitié, je vous en conjure, STOP. En fait, il est une troisième raison pour qu'une phrase s'achève par « STOP ». Et c'est tout simplement lorsqu'elle se présente ainsi : « Notre héros fit halte ; devant lui se dressait un panneau STOP. » Les orphelins Baudelaire firent halte. Devant eux ne se dressait pas l'ombre d'un « STOP ». Devant eux ne se dressait pas le moindre panneau de signalisation routière.

Le jour n'était pas levé. Il y avait déjà des heures qu'ils cheminaient dans ce paysage aussi plat qu'une pizza sans garniture. Ils avaient soif, ils avaient sommeil, ils avaient les jambes en compote, trois excellentes raisons pour mettre fin à une longue marche. Mais ils avaient aussi la peur au ventre et le temps contre eux, sans parler d'ennemis à leurs trousses, trois excellentes raisons pour continuer de marcher.

Ils avaient depuis longtemps renoncé à toute conversation, économisant leurs dernières réserves d'énergie pour mettre un pied devant l'autre et recommencer. Mais à ce stade, ils s'en rendaient compte, ils avaient besoin d'une petite pause, ne fût-ce que le temps de débattre sur ce qu'ils allaient faire ensuite.

Les trois enfants venaient d'arriver face à un petit bâtiment – le premier signe de civilisation depuis le début de leur errance nocturne. Sur le fronton, on pouvait lire, dans l'étrange lumière de la demi-lune :

LA DERNIÈRE CHANCE
ÉPICERIE - BAZAR

Il n'y avait pas la moindre vitrine, et toute la façade était placardée d'affichettes délavées annonçant ce qu'on pouvait trouver à l'intérieur – c'est-à-dire pas mal de choses, apparemment : bœuf en gelée, fleurs en plastique, citrons verts, chocolat noir, poissons rouges, enveloppes blanches, bonbons à la mangue, coupe-papier, revues de mode, boules de gomme, clés anglaises, sauce hollandaise, pinces-crocodiles, sacs en croco, sacs de couchage, sacs de farine, sacs à dos, figues sèches, vitamines douteuses et autres denrées de première nécessité.

Nulle part, hélas ! il n'était écrit qu'on y fournissait aide et assistance, et pourtant, c'était bien là ce dont les enfants Baudelaire avaient le plus besoin.

— À mon avis, on devrait entrer, déclara Violette, tirant son ruban de sa poche pour attacher ses cheveux.

En matière de génie inventif, l'aînée des Baudelaire battait sans doute le record du monde dans la classe d'âge des quatorze ans, et elle attachait toujours ses cheveux lorsqu'elle s'attaquait à un problème. Or, à l'instant même, justement, elle se trouvait face à ce qui était sans doute le plus épineux de tous les problèmes jamais rencontrés par le trio.

— Peut-être qu'il y a quelqu'un, ici, qui serait prêt à nous aider, murmura-t-elle en nouant son ruban.

— Hum ! fit Klaus qui avait, la veille, fêté ses treize ans sous les verrous. Ou peut-être aussi qu'il y a quelqu'un, ici, qui a vu nos photos dans le journal.

Klaus avait une mémoire hors pair et la faculté de retenir tout ce qu'il lisait, mot pour mot ou presque. Résultat : il avait en tête un nombre phénoménal de mots, tirés des centaines de livres qu'il avait déjà dévorés. À l'instant même, il plissait le front au souvenir de ce qu'il avait lu, dernièrement, dans un quotidien truffé d'erreurs.

— C'est ça le problème, ajouta-t-il en remontant ses lunettes sur son nez. Si les gens d'ici lisent *Le petit pointilleux*, il peuvent très bien croire dur comme fer aux horreurs publiées sur nous. Dans ce cas, je serais drôlement étonné qu'ils acceptent de nous aider.

— Agrii, commenta Prunille.

Prunille était encore une bambine et, comme c'est souvent le cas chez les tout-petits, les différentes parties de sa personne croissaient chacune à son rythme. Par exemple, elle n'avait encore que quatre dents – du moins, quatre dents visibles – mais ces dents-là présentaient le tranchant de celles d'un castor ou d'un lion dans la force de l'âge. Et elle avait beau savoir marcher (depuis la veille seulement, à vrai dire), elle s'exprimait dans une langue que comprenaient fort peu d'adultes. Son frère et sa sœur, en revanche, la comprenaient toujours parfaitement. Par exemple, à l'instant même, ils savaient qu'agrii signifiait : « Une chose est sûre, nous ne pourrons pas continuer à marcher jusqu'à la fin des temps. »

Sur ce point, ses aînés étaient entièrement d'accord.

— Tu as raison, déclara Violette. Ce magasin s'appelle La dernière chance. Si ça se trouve, après lui, il n'y a plus un seul bâtiment à des kilomètres à la ronde. C'est peut-être la toute dernière occasion d'essayer d'obtenir du secours.

— Oh ! et regardez, dit Klaus, désignant une affichette dans un coin. On peut même envoyer un télégramme, d'ici. Ça pourrait être la solution pour appeler à l'aide.

— Envoyer un télégramme, fit remarquer Violette, mais à qui ?

À nouveau, les enfants réfléchirent.

Si vous êtes comme la plupart des gens, vous avez sans doute une petite liste de proches et d'amis à appeler au secours en cas d'ennuis. Par exemple, si au milieu de la nuit vous apercevez, depuis votre lit, une femme au visage masqué en train de se couler dans votre chambre, sans doute allez-vous appeler vos parents pour faire détaler l'intruse. Si vous êtes complètement perdu dans une ville inconnue, vous pouvez toujours appeler la police pour vous tirer de ce mauvais pas. Enfin, si vous êtes un auteur enfermé dans un restaurant italien où l'eau monte inexorablement, vous trouverez bien, parmi vos connaissances, quelqu'un à appeler d'urgence, qu'il travaille dans la serrurerie ou dans le commerce des éponges.

Mais les enfants Baudelaire, justement, n'étaient pas comme la plupart des gens. Leurs ennuis avaient commencé avec la disparition de leurs parents dans un terrible incendie, si bien qu'il n'était pas question qu'ils appellent leur père ou leur mère. Et ces ennuis, désormais, se doublaient d'ennuis avec la police, si bien qu'il n'était pas question non plus qu'ils appellent au poste de police. Enfin, parmi leurs connaissances, ils ne voyaient vraiment pas qui appeler. Depuis qu'ils étaient orphelins, les trois enfants étaient passés entre les mains de tuteurs variés. Certains n'étaient plus de ce monde. D'autres s'étaient révélés cruels, d'autres encore incompétents. L'un d'eux avait même été le comte Olaf, sinistre individu aussi cruel que fourbe – d'ailleurs, le comte Olaf était la vraie raison pour laquelle les trois enfants étaient plantés là, seuls, à l'aube, devant l'épicerie La dernière chance, en train de se creuser la cervelle pour trouver qui appeler au secours.

— Poe, laissa finalement tomber Prunille.

Dans le langage de Prunille, « Poe » désignait M. Poe, banquier toujours occupé à tousser, chargé de veiller sur les trois enfants depuis la disparition de leurs parents. Certes, M. Poe, jusqu'alors, n'avait jamais été d'un grand secours. Mais il présentait l'avantage d'être toujours de ce monde, de n'avoir rien de bien cruel et de ne pas être le comte Olaf ; trois bonnes raisons, semblait-il, pour se tourner vers lui.

— Mmoui, concéda Klaus. On pourrait essayer d'appeler M. Poe. Après tout, qu'est-ce qu'on risque ? Qu'il ne fasse rien, voilà tout.

— Ou qu'il nous tousse au nez, dit Violette avec un quart de sourire.

Ses cadets répondirent d'un quart de sourire, les trois enfants poussèrent la porte aux gonds rouillés et pénétrèrent dans le magasin.

— C'est toi, Lou ? s'informa une voix, quelque part au fond de la boutique.

Les enfants cherchèrent des yeux sans voir personne.

Si la façade de La dernière chance donnait une impression de fouillis, l'intérieur était cent fois pire. Il y avait de la marchandise partout. Des bocaux d'asperges vertes côtoyaient des râteliers de pipes, un présentoir de stylos-plume trônait au-dessus de caisses d'oignons, derrière un casier bourré de plumes d'autruche et un autre de fil à broder.

Des poêles à frire s'alignaient au mur au travers de balais-brosses, des abat-jour pendaient au plafond au milieu de saucissons secs, et le sol était jonché de carreaux de terre cuite, chacun avec son étiquette de prix.

— C'est toi, Lou ? répéta la voix. Tu apportes le journal ?

— Euh, non, répondit Violette qui tentait de se frayer un chemin en direction de la grosse voix, ses cadets dans son sillage.

Après avoir enjambé, non sans peine, une muraille de boîtes de pâtée pour chats, ils venaient de contourner un présentoir à cravates, mais voilà qu'un amoncellement de filets de pêche leur barrait le chemin.

— Ça m'étonnait, aussi, reprit la voix, comme le trio virait sur la gauche, juste après une pile de miroirs, pour s'engager dans une allée encombrée de pots de lierre, entre des bataillons de chaussettes, de brosses à dents et de boîtes d'allumettes. C'est bien rare que *Le petit pointilleux* arrive avant le passage de la joyeuse troupe des S.N.P.V., c'est-à-dire De sourires se nourrit la poésie des volontaires.

Les trois enfants se figèrent et échangèrent un regard muet…

De sourires se nourrit la poésie des volontaires ?

Tous trois songeaient à la même chose – à leurs amis Beauxdraps, Isadora et Duncan, dont les parents aussi avaient disparu dans un incendie, ainsi que leur frère triplé. Pas plus tard que la veille, les cinq enfants avaient célébré de brèves retrouvailles, mais sans avoir le temps de discuter du fameux secret qui tournait autour de ces quatre initiales : S.N.P.V. À présent, Isadora et Duncan étaient loin (et hors de portée du comte Olaf, fort heureusement), si bien que les enfants Baudelaire ne savaient toujours rien de ce ténébreux mystère. Pour tout indice, il leur restait quelques vestiges des carnets de leurs amis – des lambeaux de pages récupérés de justesse et qu'ils n'avaient, pour l'heure, guère eu le loisir d'examiner. Mais voilà qu'un espoir leur venait : et si De sourires se nourrit la poésie des volontaires étaient le fin mot de l'énigme S.N.P.V. ?

— Euh, non, nous ne sommes pas Lou, lança Violette à l'intention de la voix. Nous sommes trois enfants, et nous voudrions envoyer un télégramme.

— Un télégramme ? s'étonna la voix.

Et les enfants virent apparaître un petit bonhomme court sur pattes, qui semblait bien ne s'être pas couché depuis trois jours et avoir oublié de se raser depuis quatre. Les souliers à ses pieds n'étaient pas de la même paire, et chacun arborait une étiquette de prix. À mieux y regarder, il était couvert de marchandise, chapeaux empilés compris. On ne le distinguait de ses rayons qu'à ses ongles en deuil et à son franc sourire.

— Ah ! dit-il, jovial, en effet, je vois ça, vous n'êtes pas Lou, pour sûr. Lou est un monsieur tout seul avec une petite bedaine, et vous êtes trois enfants maigrichons. Mais que faites-vous dans le coin de si bon matin ? C'est dangereux, vous savez, par les temps qui courent. Semblerait que trois criminels rôdent dans le secteur, d'après *Le petit pointilleux* d'hier soir. À ce qu'on m'a dit, en tout cas. Parce que moi, ici, le journal, je le reçois le matin seulement, et là, on ne me l'a pas encore livré.

— Oh ! vous savez, avança Klaus, les journaux, il ne faut pas croire tout ce qu'ils disent. Souvent, ils impriment des erreurs.

— Pas *Le petit pointilleux* ! Jamais. Ça, c'est un journal sérieux. Tout ce qu'il imprime est vrai. Si *Le petit pointilleux* dit qu'Untel est un assassin, c'est un assassin, un point c'est tout. Bon. Vous vouliez envoyer un télégramme, c'est ça ?

— Oui, répondit Violette. À M. Poe, du Comptoir d'escompte Pal-Adsu, en ville.

— En ville ? Ça va vous coûter cher, vous savez, d'envoyer un télégramme si loin.

Les enfants échangèrent des regards consternés.

— Le problème, avoua Klaus, c'est qu'on n'a pas d'argent. Enfin, pas sur nous. On est des orphelins, vous comprenez. Notre héritage est bloqué sur le compte en banque que gère M. Poe, justement. S'il vous plaît, Monsieur.

— Hessôesse ! renchérit Prunille.

— Ce qu'elle veut dire, traduisit Violette, c'est qu'il y a urgence. Le commerçant les observa tous trois un moment, puis il eut un petit geste, comme pour chasser une mouche.

— Bon, si c'est une urgence, je ne vais pas vous faire payer. Je ne fais jamais payer quand c'est pour une bonne cause. Par exemple, chaque fois que la troupe De sourires se nourrit la poésie des volontaires s'arrête ici, je lui cède l'essence pour rien ; c'est tellement bien, ce que font ces bénévoles.

— Euh... hasarda Violette. Et qu'est-ce qu'ils font, au juste ?

— Ils dérident les patients de la clinique. Tous les jours, ils passent des heures là-bas, à égayer un peu la vie de ces pauvres convalescents. Alors moi, comprenez, je n'ai pas le cœur de leur faire payer quoi que ce soit.

— C'est gentil à vous, dit Klaus.

— C'est gentil à toi de le dire, répondit le commerçant. Bon, l'engin pour les télégrammes est là-bas derrière, tenez, juste après les chatons de porcelaine. Venez, que je vous montre comment on s'y prend.

— Oh, pas besoin, lui dit Violette. Un émetteur-récepteur, j'en ai construit un quand j'avais sept ans, je sais comment ça se connecte et tout ça.

— Et moi, j'ai lu deux livres sur le code morse, compléta Klaus. Pas de problème pour traduire notre message en signaux électriques.

— Jaid ! assura Prunille.

— Diable ! dit le commerçant avec son bon sourire. Vous êtes trois gaillards que rien n'arrête, à ce que je vois. En ce cas, je vous laisse. J'espère que votre M. Poe saura vous tirer d'affaire.

— Merci, Monsieur, dit poliment Violette. Nous l'espérons aussi.

Là-dessus, le boutiquier disparut derrière une montagne de presse-purée, et les enfants s'entreregardèrent, les yeux brillants.

— De sourires se nourrit la poésie des volontaires ? chuchota Klaus. Vous croyez qu'on est finalement sur la bonne piste ?

— Jac ! souffla Prunille.

— Oui, approuva Klaus. Jacques avait dit qu'il travaillait comme volontaire ou quelque chose dans ce goût-là. Si seulement on avait une minute pour jeter un coup d'œil aux notes d'Isadora et Duncan ! Je les ai là, dans ma poche, on p...

— Commençons par le commencement, trancha Violette. Premier travail, envoyer ce télégramme. N'oubliez pas que, quand Lou aura livré *Le petit pointilleux*, le marchand risque de nous voir d'un autre œil. Plus du tout comme des gaillards que rien n'arrête, mais plutôt comme des gaillards à arrêter !

— Très juste, admit Klaus. Et il sera bien temps
de s'occuper du reste quand M. Poe nous aura tirés
de ce mauvais pas.

— Trosslick, glissa Prunille ; ce qui signifiait,
en gros : « Tu veux dire, si M. Poe nous tire de ce
mauvais pas. »

Ses aînés approuvèrent en silence et concen-
trèrent leur attention sur l'appareil à télégraphier.
C'était un curieux assemblage de cadrans, de fils
électriques et d'éléments biscornus, le type d'engin
suspect auquel je n'aurais jamais osé toucher quant
à moi, mais les enfants Baudelaire l'abordèrent en
toute confiance.

— Ah ! je vois quel modèle c'est, déclara Violette. À nous trois, pas de problème, on doit pouvoir
s'en tirer. Regarde, Klaus. Ces deux languettes de
métal, là, c'est pour taper ton message en morse.
Moi, je vais connecter le circuit. Et toi, Prunille, tu
t'installes ici avec ces écouteurs aux oreilles, pour
t'assurer que le signal passe. Prêts ? Exécution.

Et les trois enfants s'exécutèrent. Violette fit
tourner un cadran ; Prunille coiffa les écouteurs ;
Klaus essuya ses lunettes afin d'y voir bien clair.
Ils échangèrent un signe de tête, et Klaus se mit à
énoncer tout haut ce qu'il transmettait en morse :

— « À : M. Poe, Comptoir d'escompte Pal-Adsu.
De : Violette, Klaus et Prunille Baudelaire. Veuillez
ne pas croire article sur nous dans Petit pointilleux

STOP. Comte Olaf pas mort STOP. Ne l'avons pas tué STOP. »

— Arrett ? s'étonna Prunille.

— Non, expliqua Klaus. STOP, c'est pour dire que la phrase est finie. Bon, qu'est-ce qu'on met ensuite ?

— « Peu après arrivée S.N.P.V. », dicta Violette, « avons été informés capture comte Olaf STOP. Homme arrêté avait sourcils soudés et œil tatoué cheville mais n'était pas comte Olaf STOP. Vrai nom Jacques Snicket STOP. »

— « Lendemain », enchaîna Klaus, « Snicket trouvé assassiné et comte Olaf arrivé en ville STOP. Olaf déguisé détective et Esmé d'Eschemizerre déguisée officier de police STOP. Ont prétendu assassinat commis par nous STOP. »

— Uckner, suggéra Prunille ; ce qu'aussitôt Klaus traduisit, en clair d'abord, puis en morse : « Avons retrouvé Isadora et Duncan STOP. Les avons aidés à fuir STOP. Avons reçu d'eux pages carnets en vue percer mystère S.N.P.V. STOP. »

— « Avons réussi échapper villageois S.N.P.V. furieux », poursuivit Violette, « et châtiment pour meurtre non commis STOP. »

Klaus s'empressa de taper cette phrase, et en ajouta aussitôt deux autres :

— « Merci répondre immédiatement STOP. Situation très critique STOP. »

Il tapa le P du dernier STOP et regarda ses sœurs.

— Situation très critique, dit-il, la main en suspens au-dessus de l'appareil.

— Tu as déjà tapé ça, fit observer Violette.

— Je sais. Ce n'est plus pour le télégramme. C'est une remarque en passant. La situation est très critique. Je n'avais pas mesuré à quel point, pas avant de traduire cette phrase en morse.

— Illimi, fit Prunille, et elle retira ses écouteurs pour poser sa tête ronde sur l'épaule de son frère.

— Moi aussi, tu sais, je m'inquiète un peu, avoua Violette en tapotant la main de sa petite sœur. Mais M. Poe va intervenir, j'en suis sûre. Cette fois, c'est vraiment un sacré pétrin, bien trop compliqué pour nous.

Klaus hocha la tête, sceptique.

— Sauf que le pétrin, jusqu'ici, on s'en est toujours tirés tout seuls. Depuis le début, quand on y pense. M. Poe n'a jamais rien fait, à part nous expédier dans divers endroits, tous plus désastreux les uns que les autres.

— Cette fois, il va faire quelque chose, affirma Violette, mais sa voix manquait d'assurance. D'une minute à l'autre, il va nous répondre par un télégramme.

— Et s'il ne répond pas ? demanda Klaus.

— Galaxi, murmura Prunille, se pelotonnant contre ses aînés. Ce qui signifiait, bien sûr : « En ce cas, nous sommes seuls au monde. Seuls et sans le sou, sans abri, sans rien. » Remarque insolite si l'on songe qu'ils étaient trois enfants unis, au milieu d'une boutique si bourrée de marchandise qu'on ne savait où mettre les pieds.

Mais pour les orphelins Baudelaire, la remarque n'avait rien d'insolite. Ils étaient entourés d'épinards en boîte, de cire d'abeille, de tringles à rideaux, de cordes à linge, de câbles à fibres optiques, de bâtons de rouge à lèvres, d'abricots secs, de loupes pour presbytes, de pinceaux en poil d'hermine, de trombones à coulisse et de tendresse mutuelle, et pourtant, assis là à guetter une réponse qui tardait à venir, les trois enfants se sentaient plus seuls, plus démunis que trois petits pois en plein cosmos – et davantage encore de minute en minute.

# CHAPITRE
# 2

« Pas de nouvelles, bonnes nouvelles. » De toutes les formules stupides que les gens répètent à plaisir – et les gens répètent à plaisir une foule de formules stupides –, celle-ci remporte sans doute la palme de la stupidité.

« Pas de nouvelles, bonnes nouvelles » laisse entendre que, par principe, si vous êtes sans nouvelles de quelqu'un, c'est qu'à coup sûr tout va bien.

On voit immédiatement ce qui cloche : que tout aille bien n'est qu'une raison **pos-**sible, une seule entre mille, **pour** que quelqu'un ne vous donne **pas** de ses nouvelles.

Peut-être ce quelqu'un est-il pieds et poings liés. Peut-être est-il encerclé par une bande de chiens enragés. Peut-être est-il coincé entre deux frigos, incapable de se dégager. Rien n'empêcherait d'affirmer l'inverse, « Pas de nouvelles, mauvaises nouvelles », sinon que ce serait tout aussi stupide : celui dont vous êtes sans nouvelles n'a peut-être d'autre empêchement que d'avoir été sacré empereur récemment ou d'être au beau milieu d'un tournoi de gymnastique.

La vérité est qu'il n'y a aucun moyen de savoir si les nouvelles sont bonnes – aucun, jusqu'à ce que la personne dont vous êtes sans nouvelles vous donne de ses nouvelles. Pour cette raison, la seule formule sensée serait : « Pas de nouvelles, pas de nouvelles. » Mais ce serait un peu l'évidence, de sorte qu'on ne voit pas très bien pourquoi en faire un proverbe.

Évidence ou pas, pour les enfants Baudelaire, « Pas de nouvelles, pas de nouvelles » aurait parfaitement résumé la situation ce jour-là. Après l'envoi de leur S.O.S. télégraphié, les trois enfants restèrent longtemps assis sans bouger, le dos rond, les yeux sur l'émetteur-récepteur, guettant la réponse de M. Poe. Ou, plus exactement, l'un d'eux guettait un signe de l'engin tandis que l'envie de dormir rattrapait les deux autres, la tête sur une pile de serpillières neuves ou sur un paquet d'enveloppes matelassées.

Quand les premiers rayons du jour se coulèrent par la petite fenêtre, faisant luire les étiquettes de prix, une nouvelle arriva enfin, mais elle ne venait pas de bien loin. Elle était simplement que le patron de la boutique apportait une fournée de muffins aux bleuets.

— Et voilà ! proclama-t-il en contournant un donjon de verres mesureurs. Tout juste sortis du four, tout chauds !

Les mains emmitouflées dans des gants de four – au moins trois paires superposées –, il les brandissait fièrement sur une pile de plateaux bariolés.

— D'habitude, je les mets tous en vente, dit-il en enjambant des râteaux de jardin. Mais je ne vais pas vous laisser repartir le ventre creux quand de dangereux assassins se baladent dans la nature. Tenez, les enfants, servez-vous. Avec les compliments de la maison.

— C'est vraiment gentil, dit Violette.

Et les trois enfants, remerciant en chœur, prirent chacun un muffin brûlant. Leur dernier repas remontait à une date lointaine, si bien qu'ils les enfilèrent bien vite. Les petits gâteaux moelleux, délicieusement fruités, disparurent à vitesse grand V.

— Bonté du ciel, dit le commerçant, voilà ce que j'appelle une faim de loup ! Et ce télégramme, à propos ? Pas eu trop de mal à l'envoyer ? Avez-vous reçu la réponse ?

— Pas encore, avoua Klaus.

— Ah ! ne vous tourmentez pas, allez ! Vous savez bien, comme on dit : « Pas de nouvelles, bonnes nouvelles. »

— Pas de nouvelles, bonnes nouvelles ? lui fit écho une voix, vers l'entrée de la boutique. Mais moi je les apporte, justement, les nouvelles ! Et attends de voir ça, Milt. Tout sur ces trois assassins !

— Lou ! se réjouit le commerçant, et il se tourna vers les enfants. Vous voudrez bien m'excuser, c'est Lou qui vient livrer *Le petit pointilleux*.

Et il disparut derrière un rideau de tapis persans. Les enfants échangèrent des regards atterrés.

— Qu'est-ce qu'on fait ? chuchota Klaus. Maintenant qu'il a le journal, il va nous reconnaître. Il vaudrait mieux filer.

— Mais si on file, objecta Violette, M. Poe ne pourra plus nous joindre.

— Djaïcriff, rétorqua Prunille, autrement dit : « Nous joindre, nous joindre ! Avec le temps qu'on lui a laissé, il aurait déjà pu le faire cent fois. »

— Lou ? appelait le commerçant, quelque part dans le dédale. Lou, où es-tu ?

— Devant les moulins à poivre, comme toujours. Viens par ici, viens voir la tronche de ces petites crapules qui ont assassiné le comte Trucmuche. En première page, tu as leur portrait et à l'intérieur, tout un article. À propos, j'ai croisé la police en venant par ici. Ils m'ont dit qu'ils étaient sur une piste. Ils ont bouclé tout le secteur, y a que moi qu'ils ont laissé passer, moi et ces volontaires machin-chose. Oh ! ils vont les attraper, ces trois petits morveux ; ils vont leur mettre la main dessus et les jeter en prison.

— Petits morveux ? se récria le commerçant. Tu veux dire que ce sont des gamins ?

— Ouaip. Regarde.

Violette et Klaus retinrent leur souffle, Prunille étouffa un petit gémissement horrifié. De l'autre bout du magasin leur parvint un bruissement de papier, suivi d'un cri de stupeur.

— Mais... je les reconnais, ces trois-là ! Ils sont... ils sont au fond de mon magasin, là, en ce moment ! Même que je viens de leur donner des muffins !

— Des muffins ? À des assassins ? Enfin, Milt, tu dérailles ou quoi ? Les criminels, il faut les punir ; pas leur donner des muffins !

— Comment je pouvais le savoir, moi, qu'ils étaient des criminels ? Bon, mais maintenant je le sais ! Appelle la police, Lou. Vite. Pendant ce temps, j'attrape ces fripouilles.

Les enfants ne firent ni une ni deux. Ils plongèrent dans l'allée la plus proche, entre une armée de porte-parapluies et un bataillon de balais-brosses.

— Par ici ! souffla Violette. Du côté des cendriers, là-bas. Je crois avoir repéré une sortie.

— Oui, souffla Klaus, mais une fois dehors, qu'est-ce qu'on fait ? Le livreur a dit que la police bouclait le secteur.

— Moulick! fit Prunille, véhémente; c'est-à-dire: «On verra plus tard! Pour commencer, on sort d'ici!»

— Nom d'un chien! jurait le commerçant du côté des caramels mous. Lou! Ils ont disparu! Ils étaient là, pourtant, ils attendaient un télégramme... Surveille bien la porte, qu'ils n'aillent pas filer!

— Ils ressemblent à quoi?

— À trois innocents! Mais ce sont trois criminels, méfie-toi!

Les enfants, pliés en deux, contournèrent les batteries de cuisine et se faufilèrent dans l'allée suivante, rasant un rempart de bidons d'encaustique. Apparemment, le livreur les talonnait. Sa voix semblait redoutablement proche:

— Vous êtes faits comme des rats, petits assassins! Feriez mieux de vous rendre!

— On n'est pas des assassins! s'étrangla Violette malgré elle.

— Petits menteurs! répliqua le commerçant du fond de la boutique. C'est vous, dans le journal!

— Et si vous n'êtes pas des assassins, alors pourquoi détaler comme ça? Pourquoi essayer de vous cacher, hein?

Violette ouvrit la bouche pour répondre, mais Klaus la bâillonna d'une main.

— STOP! lui siffla-t-il à l'oreille. Tu nous fais repérer, voilà tout ce que tu y gagnes. Laisse-les parler tout seuls. On a peut-être encore une chance de leur échapper...

— Tu les vois, Lou ?

— Pas encore, mais ils sont par là, je le sens. Du côté des caleçons longs.

Les enfants relevèrent les yeux. Droit devant eux pendait un panonceau : Caleçons longs. Promotion !

Ils firent demi-tour illico et se jetèrent dans une allée où pendules et réveils tic-tacquaient avec zèle.

— Bon, moi je vais du côté de l'horlogerie, annonça le boutiquier. On va bien finir par les coincer !

Les enfants piquèrent un sprint et, sur un virage à la corde autour d'un empilement de perceuses, ils repartirent ventre à terre entre des manteaux pour chiens et des tirelires en cochons roses.

Enfin, risquant un regard par-dessus un bac à pantoufles, Violette repéra la sortie et l'indiqua à ses cadets.

— Je parie qu'ils sont au rayon boucherie ! vociférait le commerçant.

— Je parie qu'ils sont au rayon plomberie ! répondait le livreur de journaux.

— Ils ne pourront pas se cacher jusqu'à la fin des temps !

Les trois enfants retinrent leur souffle et gagnèrent d'un trait la sortie.

La porte s'ouvrit, docile, mais le commerçant disait vrai : se cacher dans ce décor – jusqu'à la fin des temps ou même un seul instant – était proprement impensable.

Le soleil se levait au ras de la plaine pelée à travers laquelle les enfants avaient cheminé toute la nuit. Bientôt, sa lumière implacable inonderait cette immense crêpe et ils seraient visibles de toutes parts, depuis le fin fond de l'horizon.

Non, se cacher éternellement était tout simplement impossible et en cette minute, devant La dernière chance, il semblait même impossible de se cacher une seconde de plus.

C'est alors que Klaus s'écria, clignant des yeux vers le levant :

— Oh ! regardez, là !

À l'angle de la boutique était garé un fourgon d'un gris indéfinissable. Son flanc portait une inscription : S.N.P.V.

— Les volontaires pour je ne sais plus quoi, murmura Violette. Le livreur a dit qu'eux seuls, à part lui, étaient autorisés à circuler dans le secteur.

— En tout cas, ils sont notre salut. Tâchons de nous glisser à bord, et nous échapperons à la police – au moins pour le moment.

Mais Violette hésitait.

— Attends. Si c'est le vrai S.N.P.V., si ces gens ont quelque chose à voir avec le truc louche dont parlaient Isadora et Duncan, il vaudrait peut-être mieux ne pas se jeter dans la gueule du loup.

— Mais ça pourrait aussi nous permettre d'éclaircir le mystère Snicket. Jacques avait dit qu'il travaillait comme volontaire, même s'il n'a pas eu le temps de dire quel type de volontaire.

— On sera bien avancés, insista Violette, si on se retrouve en prison...

— Terji, intervint Prunille; autrement dit: « Tu crois qu'on a le choix? »

Et sans attendre, sur ses petites jambes encore branlantes, elle s'élança vers le véhicule.

— Mais comment monter à bord? chuchota Violette en la rattrapant.

— Et qu'est-ce qu'on va dire à ces gens? chuchota Klaus.

— Impro! répondit Prunille; entendant par là: « On trouvera bien quelque chose. »

Mais, pour une fois, les trois enfants n'eurent pas à trouver « quelque chose ». Comme ils approchaient du fourgon, un barbu à la mine réjouie, une guitare en bandoulière, entrouvrit la portière et les apostropha joyeusement:

— Hé! petit frère et petites sœurs, on a bien failli partir sans vous! Le plein est fait, tout est paré, plus qu'à foncer à la clinique.

Avec un grand sourire, il ouvrit la portière et s'effaça pour laisser passer le trio.

— Et zou, en voiture ! Pas question de semer nos volontaires en chemin ! Les bonnes volontés, on n'en a jamais trop. Sans compter qu'il semblerait que trois assassins rôdent dans les parages.

— Vous avez... lu le journal ? balbutia Klaus.

— Le journal ? s'écria le barbu avec un grand rire, en plaquant un accord sur sa guitare. Jamais de la vie ! Aucun de nous ne lit le journal, c'est bien trop déprimant. Idem pour la radio ou la télé. Nous, notre devise, c'est : « Pas de nouvelles, bonnes nouvelles. » Allez hop ! Montez, et que ça saute !

Les enfants hésitèrent une seconde. On vous l'a sûrement dit bien des fois, monter dans la voiture d'un inconnu n'est jamais recommandé, surtout quand cet inconnu croit des balivernes du genre : « Pas de nouvelles, bonnes nouvelles. » Mais il est encore moins recommandé de se balader en rase campagne quand on est recherché par la police, même pour un crime qu'on n'a pas commis.

Le temps d'un éclair, les enfants soupesèrent le pour et le contre. Ils examinèrent le barbu à la guitare. Ils se consultèrent du regard. Ils se retournèrent pour jeter un coup d'œil à La dernière chance... Là, par la petite fenêtre, ils virent le marchand et le livreur se ruer en direction de l'entrée.

— On y va, trancha Violette.

Le barbu sourit. Les trois enfants montèrent à bord. La portière claqua.

« Et que ça saute ! » avait dit le barbu, jovial, mais les enfants montèrent sans sauter. Sauter fait partie de ces choses qu'on ne fait que si on a le cœur à les faire. Par exemple, un plombier saute de joie lorsqu'il vient de mettre le doigt sur une fuite. Un sculpteur saute de joie lorsqu'il vient de tirer du granit, au prix d'années d'efforts, un groupe de quatre bassets jouant aux cartes. Pour ma part, je sauterais de joie – plus haut que nul n'a jamais sauté – si je pouvais remonter le temps jusqu'à un certain jeudi funeste, et dissuader Beatrice de se rendre à ce thé de cinq heures où elle fit la rencontre d'Esmé d'Eschemizerre.

Non, Violette, Klaus et Prunille ne sautèrent pas, parce qu'ils n'étaient ni plombiers comblés, ni sculpteurs inspirés, ni auteurs gommant par magie une série de catastrophes. Ils étaient trois enfants en désarroi, injustement accusés de meurtre, contraints de monter dans le véhicule d'un inconnu pour échapper à la police. Non, ils ne sautèrent pas de joie, même lorsque le fourgon démarra, laissant le patron de La dernière chance gesticuler sur le seuil de sa boutique.

Dans le véhicule qui cahotait à travers la morne plaine, il semblait aux trois enfants que plus jamais, jamais de leur vie ils ne sauteraient de joie.

# CHAPITRE
## 3

(Sur l'air de : Auprès de ma blonde)

*Nous sommes les volontaires* ⎫ (bis)
*Venus vous dérider !* ⎭
*Aucun des maux sur terre*
*Ne peut nous résister !*

*Ah ! la vie est belle,*
*Chers amis, chantons, rions !*
*Ah ! la vie est belle,*
*Prenez un ballon !*

Que vous ayez la grippe, ⎫
Ou un bon lumbago, ⎬ (bis)
Nous vous rendrons visite
Et tout sera plus beau !

Ah ! la vie est belle...

Si vous crachez la bile, ⎫
Ne vous en faites pas ! ⎬ (bis)
Se biler, c'est débile,
Chanter vous guérira !

Ah ! la vie est belle...

Si le toubib annonce ⎫
Qu'il va vous scier en deux, ⎬ (bis)
Il suffira d'en rire,
Vous vous sentirez mieux !

Ah ! la vie est belle...

Si un virus horrible ⎫
S'en vient vous terrasser, ⎬ (bis)
Par nos chants, par nos rires,
Nous saurons le chasser !

*Ah ! la vie est belle !*
*Chers amis, chantons, rions !*
*Ah ! la vie est belle !*
*Prenez un ballon !*

*Tous les nez en compote,*
*Les orteils écrasés...*

L'un de mes éminents confrères, un certain William Congreve, a écrit voilà quatre siècles une pièce de théâtre triste à pleurer dans laquelle il est dit : « La musique a ce pouvoir d'apaiser les cœurs tumultueux. »

C'est une façon un brin vieillotte d'affirmer que si vous êtes à bout de nerfs, ou angoissé, ou d'humeur sombre, écouter un peu de musique est sans doute le meilleur moyen de vous calmer ou de vous regonfler le moral. Par exemple, à l'instant même, tandis que je rédige ces lignes, tapi derrière l'autel de la cathédrale Saint-Frusquin, l'un de mes amis joue à l'orgue une sonate en fa majeur afin d'apaiser mon cœur tumultueux tout en couvrant le cliquetis de ma machine à écrire aux oreilles des paroissiens. Les accords chagrins de l'orgue m'évoquent un air que mon père sifflotait en lavant la vaisselle et je parviens à oublier, provisoirement du moins, six ou sept de mes innombrables soucis.

Mais les effets bénéfiques de la musique dépendent énormément du type de musique écoutée. Et j'ai le regret de dire que les enfants Baudelaire, en entendant le chant des joyeux volontaires, ne sentaient pas leurs cœurs tumultueux apaisés le moins du monde.

Lorsqu'ils étaient montés à bord du fourgon gris, l'angoisse leur avait rivé les yeux au sol. Mais à présent que La dernière chance n'était plus qu'une masse sombre sur l'horizon, ils se risquaient à observer leur nouvelle cachette.

En plus d'eux trois, le véhicule transportait une vingtaine de personnes, toutes à la mine prodigieusement réjouie. Il y avait là des messieurs réjouis, des dames réjouies, une poignée d'adolescents réjouis, sans parler d'un conducteur réjoui qui, de temps à autre, se retournait vers ses passagers avec un grand sourire réjoui.

Pour les enfants Baudelaire, les longs trajets en voiture avaient toujours été des oasis de calme – l'idéal pour lire en paix ou pour rêvasser à ses petites affaires tout en regardant défiler le paysage. Dans le fourgon gris, il en allait autrement. Dès le premier tour de roue, le barbu s'était remis à gratter sa guitare et le véhicule entier avait entonné un chant entraînant. Hélas ! à chaque « la vie est belle », l'angoisse des trois enfants ne faisait que monter d'un cran.

Au couplet du cracheur de bile, ils se faisaient déjà un sang d'encre. Assurément, au refrain, quelqu'un allait s'écrier : « Dites ! Ces trois-là, qu'est-ce qu'ils font ici ? Ils n'étaient pas à bord tout à l'heure ! »

Au couplet du patient scié en deux, ils se sentaient les jambes coupées. Assurément, au refrain, quelqu'un allait s'écrier : « Dites ! Ces trois-là, d'où sortent-ils ? Ils ne connaissent même pas les paroles ! »

Et au couplet du vilain virus, la peur leur labourait le ventre. Assurément, au refrain, quelqu'un allait s'écrier : « Dites ! Ces trois-là, regardez-les mieux ! Ce sont trois assassins, leur portrait est dans le journal ! »

Mais la joyeuse troupe dénommée De sourires se nourrit la poésie des volontaires chantait avec tant d'entrain que rien n'aurait pu l'arrêter. De toute manière, aucun de ses bénévoles n'avait jeté un coup d'œil au journal. Et ils étaient bien trop occupés à déborder de bonne humeur pour remarquer que ni Violette, ni Klaus, ni Prunille ne connaissaient les paroles.

— Bon sang, ce que j'aime ce chant ! conclut le barbu en plaquant un dernier accord. Je pourrais le chanter tout le long du chemin, jusqu'à la clinique Heimlich. Mais je crois qu'il vaudrait mieux économiser nos cordes vocales. Nous en aurons besoin pour notre journée de travail. Que diriez-vous de bavarder gentiment tout le restant du trajet ?

— Bonne idée ! approuva son voisin, et les têtes hochèrent à l'unisson.

Le barbu rangea sa guitare et vint s'asseoir sur
le siège libre à côté du trio Baudelaire.

— On ferait bien de s'inventer des noms, chuchota Violette à Klaus. Que personne ne sache qui
nous sommes.

— Mais dans le journal ils se sont trompés, lui
rappela Klaus tout bas. Donc, on ferait peut-être
mieux de garder nos vrais noms.

— Si nous faisions connaissance ? proposa le
barbu avec un grand sourire dans sa barbe. J'aime
bien connaître un peu chacun de nos volontaires.

— Euh, commença Violette, je m'appelle Sally
et...

— Non, non, coupa le barbu. Nous n'employons
pas de noms entre nous, les S.N.P.V. Nous disons
seulement « frère » ou « sœur ». À notre avis, tous
les hommes sont frères.

— Mais je croyais, hésita Klaus, que s'appeler
« frère » ou « sœur » était réservé aux religieux et
aux religieuses ? En plus des gens qui ont les mêmes
parents, bien entendu.

— Pas du tout, petit frère, répondit le barbu.
On peut se sentir frères et sœurs simplement parce
qu'on partage le même idéal.

— Est-ce que ça signifie, euh, frère, hasarda
Violette, qu'à bord de ce fourgon, personne ne con-
naît le nom de son voisin ?

— Absolument, petite sœur.

— Et vous n'avez jamais connu le nom d'un seul de vos volontaires ? Jamais ? insista Klaus.

— Pas le nom d'un seul. Jamais. Pourquoi ?

— Parce que nous connaissons quelqu'un, dit Violette en choisissant ses mots avec soin, euh, quelqu'un qui pourrait, à notre avis, avoir fait partie des S.N.P.V. Quelqu'un avec les sourcils soudés, et un œil tatoué sur la cheville.

Le barbu plissa le front.

— Hmm, je ne vois personne qui corresponde à cette description, et pourtant je suis dans les S.N.P.V. depuis leur création.

— Scrogneu ! fit Prunille.

— Ce que veut dire notre petite sœur, traduisit Klaus, c'est que nous sommes déçus. Nous espérions en apprendre davantage sur lui.

— Êtes-vous certains qu'il était dans les S.N.P.V. ?

— Non, admit Klaus. Nous savons seulement qu'il faisait partie des volontaires pour quelque chose.

— Je vois, dit le barbu. L'ennui, c'est que des volontaires, il n'en manque pas – volontaires pour ci, pour ça. Volontaire, ça veut dire « bénévole », rien de plus ; quelqu'un qui fait des choses gratuitement, simplement pour rendre service. Non, ce qu'il vous faudrait, c'est pouvoir faire des recherches dans des archives, quelque chose de ce genre.

— Des archives ? répéta Violette.

— Oui, les archives, ce sont des endroits où l'on conserve toute sorte d'information et de documents officiels, bien classés. Il y a des archives nationales, il y a des archives régionales, et des tas d'autres archives encore. Dans des archives bien faites, vous trouveriez la liste de toutes les associations de bénévoles du pays, peut-être même du monde entier. Toutes celles avec le mot « volontaire » dedans. Ou vous pourriez essayer de voir s'il existe un dossier au nom de la personne qui vous intéresse. Là, vous trouveriez sans doute où et pour qui elle a travaillé.

— Ou en quelles circonstances elle a connu nos parents, compléta Klaus sans réfléchir.

— Vos parents ? s'étonna le barbu, parcourant le fourgon du regard. Ils sont ici aussi ?

Les enfants échangèrent un regard bref. Leurs parents, dans ce fourgon ? Ils auraient donné cher pour que tel fût le cas, quitte à les appeler « frère » et « sœur ». Parfois, il leur semblait que des siècles s'étaient écoulés depuis ce triste jour où M. Poe, sur la plage, leur avait annoncé qu'ils étaient orphelins ; d'autres fois, il leur semblait avoir vu leurs parents la veille.

Une fraction de seconde, Violette imagina son père assis là, sur cette banquette, prêt à lui montrer un détail aperçu par la vitre. Une fraction de seconde, Klaus imagina sa mère à ses côtés, échangeant avec lui un sourire en coin à l'écoute du chant des S.N.P.V. Une fraction de seconde, Prunille imagina la famille entière réunie, sans police aux trousses, sans accusation de meurtre, sans ténébreuses énigmes, sans séparation pour toujours.

Mais imaginer une chose ne suffit pas à la rendre réelle. Les parents Baudelaire n'étaient pas dans le fourgon, et les enfants firent non en silence, la mine longue.

— Eh bien ! se récria le barbu, en voilà des têtes d'enterrement ! Allons, allons, ne vous en faites pas. J'ignore où sont vos parents, mais je suis sûr que tout va très bien pour eux, alors faites-nous de beaux sourires. Quand on est dans les S.N.P.V., il faut être toujours joyeux et plein d'entrain.

— Qu'est-ce qu'on va faire, au juste, à la clinique ? s'enquit Violette pour changer de sujet.

— Ni plus ni moins redonner le sourire aux convalescents.

— Et comment on s'y prend ?

— En leur apportant de la bonne humeur, de l'entrain. Exactement comme le dit notre chanson. En gros, on se balade dans les couloirs en chantant, on rend visite aux patients dans les chambres et on leur offre des ballons – des ballons en forme de cœur.

— Mais je croyais qu'une clinique accueillait des malades et des blessés, répliqua Klaus. Pas des convalescents. Je croyais qu'être convalescent, c'était commencer à guérir.

— Tu as raison, dit le barbu. En réalité, nous allons voir des gens mal en point et même, parfois, très mal en point. Simplement, les dire « convalescents », c'est bien meilleur pour leur moral. Ça les aide à guérir.

— Mais comment des ballons peuvent-ils aider à guérir ? s'entêta Violette.

— Un ballon, c'est léger, c'est joyeux, d'accord ? Attends d'avoir vu les nôtres. Recevoir un joli ballon, ça aide les gens à s'imaginer qu'ils vont mieux. Et imaginer qu'on va mieux, c'est déjà aller mieux. Avoir l'esprit positif, quand on est mal en point, c'est le meilleur des remèdes.

— Je croyais que le meilleur des remèdes, c'était les antibiotiques, dit Klaus.

— Echinacea ! fit Prunille ; autrement dit : « Et moi, je croyais que c'était les plantes médicinales. »

Mais le barbu se pencha vers la vitre et lança à ses compagnons :

— Nous arrivons, frères et sœurs !

Puis il se tourna vers les enfants Baudelaire et indiqua l'extérieur.

— Regardez. La voici, la clinique Heimlich. Superbe bâtiment, n'est-ce pas ?

Les enfants regardèrent – et ne furent qu'à moitié d'accord. Pour la bonne et simple raison que la clinique Heimlich n'était qu'une moitié de bâtiment.

L'aile gauche avait plutôt fière allure : sa façade, d'un blanc éclatant, se parait d'une somptueuse colonnade et de portraits d'illustres médecins gravés au-dessus de chaque fenêtre. Une pelouse méticuleuse ourlait le tout d'un tapis vert, rehaussé de massifs fleuris.

L'aile droite, en revanche, n'avait pas de façade du tout, ni même de bâtiment par-derrière, rien qu'un début de commencement de chantier, si bien que la déclarer « superbe » était très exagéré. En gros, cette aile se résumait à une vague carcasse de bois dressée sur une vague dalle de béton. N'ayant ni poutres ni chevrons, ni murs, ni fenêtres, ni portes, le tout ressemblait davantage à une esquisse de clinique qu'à une véritable clinique. Au lieu de colonnades et de portraits, quelques lambeaux de bâches en plastique battaient mollement au vent ; et au lieu de verte pelouse s'étendait un terrain vague, aussi caillouteux que pelé. C'était à croire que l'architecte chargé de bâtir la clinique était parti en pique-nique et avait oublié de revenir.

Le chauffeur gara le fourgon sous un panneau à l'image du reste : à gauche, le mot « Clinique » étincelait en lettres d'or apposées sur du bois verni ; à droite, le nom « Heimlich » était griffonné au stylo sur un bout de carton, résidu d'emballage de frigo.

— Ils finiront bien par achever les travaux un jour, déclara le barbu. En attendant, il nous suffit d'imaginer la partie manquante, et c'est comme si elle était là.

Les enfants Baudelaire n'essayèrent même pas d'imaginer ; leur imagination avait déjà bien assez à faire. Ils suivirent le mouvement à travers la pelouse, vers le côté pimpant de la clinique. Certains de leurs compagnons de route s'étiraient pour se dégourdir les bras et les jambes, d'autres aidaient le barbu à sortir du fourgon une flottille multicolore de ballons en forme de cœur. Plantés dans l'herbe, les trois enfants jetaient des regards anxieux à la ronde tout en s'interrogeant sur la suite.

— À votre avis, où aller ? chuchota Violette. Si nous suivons la troupe des volontaires dans sa tournée des malades, tôt ou tard quelqu'un va nous reconnaître.

— J'en ai peur, dit Klaus. Il serait bien étonnant que tout le monde, dans cette clinique, soit d'avis que « pas de nouvelles, bonnes nouvelles ». Tôt ou tard, on tombera sur quelqu'un qui aura lu *Le petit pointilleux*.

— Aronec, ajouta Prunille ; en d'autres mots : « Sans compter qu'avec tout ça, nous n'avons pas avancé d'un pouce dans nos recherches sur S.N.P.V., ni d'ailleurs sur Jacques Snicket. »

— Exact, reconnut Violette. Ce serait peut-être une bonne idée d'essayer de trouver des archives, comme l'a suggéré le barbu.

— D'accord, dit Klaus, mais où ? C'est plutôt le genre trou perdu, par ici.

— Pamarche ! prévint Prunille.

— Ça, la prévint Violette, pas sûr qu'on puisse faire autrement. Et pourtant, moi non plus, tu sais, je ne meurs pas d'envie de faire des kilomètres, pas après avoir marché toute la nuit. Mais que v...

— Mes amis ! coupa le barbu d'une voix forte, reprenant sa guitare sur sa panse. Au boulot ! (Il plaqua un accord, puis se mit à égrener un air déjà connu.) Que chacun prenne un ballon, et allons-y en chantant !

*Nous sommes les volontaires* ⎱ (bis)
*Venus vous dérider !* ⎰
*Aucun des maux sur terre*
*Ne peut nous ré...*

« Votre attention, s'il vous plaît ! »

Une voix tombée du ciel coupa net la chansonnette. C'était une voix féminine, un peu éraillée, un peu étouffée, à croire que la personne parlait au travers d'une boîte de conserve.

« Votre attention, s'il vous plaît ! »

— Chut ! fit le barbu, la main sur les cordes de sa guitare. C'est Mme Babs, la D.R.H. de la clinique. Elle a sans doute une annonce à faire.

— C'est quoi, une déhèrache ? souffla Violette à Klaus, mais le haut-parleur fournit la réponse :

« Votre attention, s'il vous plaît ! Ici la directrice des Ressources humaines de la clinique Heimlich. Je répète : ici la dir… »

— C'est quoi, « Ressources humaines » ? demanda Klaus au barbu.

— Oh ! c'est une façon un peu chic de dire « le personnel de l'établissement ». Autrefois, pour ce poste, on disait bêtement « chef du personnel ».

— Et… où est cette dame ? insista Klaus, qui n'aimait pas l'idée d'une personne haut perchée supervisant l'endroit.

— Mme Babs ? Quelque part dans la clinique. Elle aime communiquer par interphone.

Du geste, le barbu désignait la façade du bâtiment, et les enfants aperçurent de petits haut-parleurs carrés, encastrés sous les portraits illustres.

« Votre attention, s'il vous plaît ! » répéta la voix, et elle devint encore plus étouffée, comme si la personne était tombée dans une piscine d'eau gazeuse. L'effet produit n'avait rien de musical, et pourtant les enfants Baudelaire, en entendant l'annonce qui suivit, sentirent leurs cœurs tumultueux s'apaiser.

« Appel aux S.N.P.V. ! Je répète : appel aux S.N.P.V. ! Il me faut trois de vos membres pour une mission particulière. Ces trois volontaires sont priés de se présenter immédiatement dans mon bureau, dix-septième porte sur la gauche depuis l'entrée principale. Au lieu de chanter pour les malades, ces trois volontaires seront appelés à travailler au service des Archives... »

# CHAPITRE
## 4

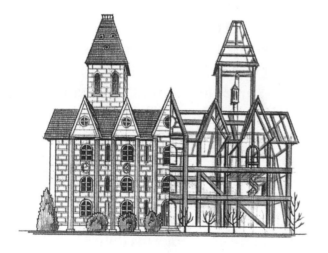

Que vous ayez été envoyé devant le directeur du collège pour avoir lancé au plafond des boulettes de papier mâché ou que vous soyez allé chez le dentiste pour vous faire évider une dent en vue du transport clandestin d'une page de votre dernier ouvrage, vous savez qu'il n'est jamais plaisant d'attendre derrière la porte d'une personne redoutée.

Plantés devant la porte indiquant Direction des ressources humaines, les orphelins Baudelaire se remémoraient toutes les portes devant lesquelles ils avaient tremblé.

Le jour de leur arrivée au collège, par exemple, ils avaient tremblé devant celle du directeur adjoint, M. Nero; et ils avaient eu bien raison de trembler, car c'est là qu'ils avaient appris qu'une kyrielle de règles injustes allaient leur pourrir la vie. De même, à la scierie Fleurbon-Laubaine, ils avaient tremblé devant la porte de M. le directeur; et ils avaient eu bien raison de trembler, car M. le directeur n'avait eu pour eux que des paroles fort déplaisantes. Et, bien sûr, ils avaient tremblé déjà sept ou huit fois au moins devant la porte de M. Poe, qui n'avait rien fait d'autre, ensuite, que de tousser dans son mouchoir, de tenir des discours au téléphone et de prendre des décisions qui s'étaient toutes révélées funestes.

Cela dit, même sans ces fâcheuses expériences, les trois enfants auraient sans doute tremblé devant la dix-septième porte à gauche avant de trouver le courage de frapper.

— C'est sacrément risqué, quand on y pense, chuchotait Violette. Pas sûr que le jeu en vaille la chandelle. Imaginez que cette Mme Babs ait lu *Le petit pointilleux*. Elle va nous reconnaître au premier coup d'œil. Autant frapper à une porte de prison.

— Mais ces archives sont notre seul espoir, rappelait Klaus. Sans ça, comment découvrir qui était ce Jacques Snicket? Et où il travaillait, et pour qui, et comment il se fait qu'il nous connaissait ? Si au moins nous trouvons des preuves, nous pourrons convaincre les gens que le comte Olaf est toujours vivant et que nous ne sommes pas des assassins.

Mais ce fut Prunille qui fournit l'argument décisif.

— Kirouly, dit-elle ; ce qui signifiait, en gros : « En plus, Isadora et Duncan sont loin, et nous n'avons que des vestiges de leurs carnets. Il faut pourtant résoudre l'énigme de S.N.P.V. »

— Et qui sait ? renchérit Klaus, peut-être que ces archives contiennent aussi de l'information sur le passage souterrain qui menait du 667, boulevard Noir aux cendres de notre ancienne maison.

— Afficor, conclut Prunille ; autrement dit : « Et le seul moyen d'accéder à ces archives est d'entrer dans ce bureau pour parler à cette directrice. Alors tant pis, c'est un risque à prendre. »

— Bon, soupira Violette, et elle sourit à sa petite sœur. Entendu, on prend le risque. Mais si cette dame nous jette le moindre regard soupçonneux, on s'éclipse au plus vite, d'accord ?

— D'accord, dit Klaus.

— Vouaip, fit Prunille.

Et elle frappa à la porte.

— Qui est là ? demanda la voix de Mme Babs.

— Les trois volontaires que vous avez demandés, répondit Violette. Pour travailler aux Archives.

— Entrez ! ordonna la voix, et les enfants entrè-
rent. Je commençais à me demander s'il allait venir
quelqu'un. J'ai même eu tout le temps de finir le
journal. Quelle terrible affaire – vous avez entendu
la nouvelle ? – ces trois petits monstres qui courent
les chemins en assassinant les gens !

Les enfants se raidirent, horrifiés. Ils allaient
détaler lorsqu'ils remarquèrent un détail qui les fit
changer d'avis.

La pièce était de taille modeste et modestement
meublée : un petit bureau, deux petites chaises, une
petite fenêtre encadrée de petits rideaux. De petites
fleurs jaunes dans un petit vase égayaient le rebord
de la fenêtre, une petite aquarelle bon chic bon
genre ornait le mur, représentant un petit cheval
en train de boire à une petite mare. Mais là n'était
pas le détail qui rassura les enfants.

La voix qui les avait accueillis provenait bien du
petit bureau, ce qui était en soi banal, mais moins
banal était le fait qu'il n'y avait personne derrière
ce bureau, ni perché dessus ni caché dessous. En
lieu et place d'une D.R.H. en chair et en os, un petit
boîtier carré trônait au milieu du bureau : un terminal d'interphone, semblable à ceux que les enfants
avaient vus sur la façade du bâtiment. C'était de là
que provenait la voix qui venait de s'adresser à eux.
Il est toujours un peu déroutant d'avoir affaire à un
haut-parleur plutôt qu'à un être en chair et en os,

mais, dans le cas présent, il y avait là un net avantage : un haut-parleur n'ayant pas de bons yeux, le
risque d'être reconnus était mince.

— Euh, nous sommes trois enfants, nous aussi,
avoua Violette, s'efforçant d'être honnêtes. Mais
nous préférons, et de loin, être volontaires dans un
hôpital plutôt que de nous lancer dans une carrière
de crimi...

— Vous êtes des enfants ? coupa la voix. Dans ce
cas, silence ! Les enfants, comme chacun sait, doivent être vus mais non entendus. Moi, je suis adulte
et il s'ensuit que je peux être entendue mais non
vue. C'est pourquoi je travaille exclusivement par
interphone. Bien. Sachez que vous allez travailler
dans le service le plus important de toute la clinique
Heimlich. Savez-vous duquel je veux parler ?

— Celui où on soigne les malades ? hasarda
Klaus.

— J'ai dit : silence ! aboya le haut-parleur. Les
enfants doivent être vus mais non entendus, il me
semblait l'avoir dit ! Ce n'est pas parce que vous ne
me voyez pas qu'il faut vous croire tout permis ! Et
la réponse est fausse, de toute manière. Non, les
soins aux malades ne sont pas le plus important ici.
Ce qui vient en premier, ce sont les papiers. Et vous
allez travailler au service des Archives, à classer
des papiers, justement. Dur travail, comme vous
allez le voir. Surtout pour des enfants, qui n'ont

bien entendu aucune expérience des tâches admi-
nistratives.

— Hennid ! la contredit Prunille.

Violette s'apprêtait à traduire : « Si, justement !
Moi, j'ai été secrétaire d'administration au collège
J. Alfred-Prufrock », mais l'interphone la fit taire :

— Si-lence ! Au lieu de piailler comme des moi-
neaux, descendez immédiatement aux Archives.
Vous trouverez le service en question au quatrième
et dernier sous-sol, tout en bas de l'escalier G, immédiatement sur la gauche en sortant de ce bureau. Par la suite, vous vous y rendrez directement
chaque matin, à votre descente du fourgon, et vous
n'en remonterez le soir qu'à l'heure de rentrer chez
vous. Des questions ?

Des questions, les trois enfants en avaient des
charretées, bien sûr. Mais ils n'en posèrent pas une.
À quoi bon ouvrir la bouche quand un haut-parleur
aboie « Si-lence ! » au moindre son ? De toute manière, il leur tardait de découvrir ces Archives. Et
si les réponses s'y trouvaient, les réponses aux plus
graves questions de leur vie ?

— Parfait ! les complimenta l'interphone. Je vois
que vous apprenez à être vus sans être entendus. Et
maintenant, ouste ! Hors de ce bureau.

Les trois enfants sortirent et trouvèrent l'escalier G. Les Archives, avait dit la voix, étaient situées
tout en bas, ce qui avait le mérite d'être simple – car

la clinique Heimlich, pour le reste, semblait un lieu où s'égarer comme un rien. L'escalier tournait sans arrêt, il conduisait à une pléthore de portes et de corridors, et mieux valait ne pas compter sur le plan de la clinique affiché à chaque palier : fourmillant de flèches, d'étoiles et autres signes cabalistiques, il était à perdre le nord.

Pourtant, ces plans à chaque étage présentaient un avantage. Chaque fois que les enfants entendaient des pas approcher, quelque part dans l'escalier ou dans un couloir adjacent, vite, sur le premier palier venu, ils feignaient de consulter le plan afin de ne laisser voir que leurs dos. À coup sûr, dans cette clinique, il devait se trouver quelqu'un qui avait lu *Le petit pointilleux*. Mieux valait ne pas prendre de risques.

— Ouf ! J'ai eu chaud, souffla Violette, soulagée après le passage de quatre médecins en conversation animée – lesquels, en réalité, ne leur avaient pas accordé un regard.

— Oui, chuchota Klaus. Et à mon avis, pour limiter les risques, on ferait mieux de ne pas regagner le fourgon ce soir – ni ce soir, ni aucun autre jour.

— Tu as raison, dit Violette. Rien que pour le rejoindre, ça fait des longueurs de couloir et c'est là qu'est le danger. Oui mais... où passer la nuit ? Trois enfants qui dorment au service des Archives, ça risque de sembler louche.

— Ell, déclara Prunille.

— Pas bête, comme idée, commenta Violette :
aller dormir dans l'aile inachevée. Au moins, on n'y
sera pas dérangés.

— Dormir là-bas tout seuls ? dit Klaus. Dans
un lieu ouvert à tous les vents, sans lumière, sans
murs, sans rien ?

— Ça ne peut pas être bien pire que la Bicoque
aux orphelins, rappela Violette.

— Danya, ajouta Prunille ; c'est-à-dire : « Ou que
la chambre crasseuse où nous avait fourrés le comte
Olaf. »

Klaus eut un frisson. De tous les lieux où ils
avaient dormi depuis qu'ils erraient hors du nid,
celui-là restait le pire.

— Bon, d'accord, murmura-t-il, s'arrêtant devant une porte sur laquelle était écrit : ARCHIVES.
Va pour l'aile en chantier.

Et il frappa.

Apparemment, on les attendait. Une seconde
après, la porte s'ouvrait sur un très vieux monsieur
– plus vieux encore, s'il se peut, que le plus vieux
des anciens de la Société des noirs protégés de la
volière –, avec de toutes petites lunettes sur le nez
– plus petites encore, si c'est possible, que des ron-
delles d'olive. Il cligna des yeux vers ses visiteurs
et déclara d'une voix fêlée :

— Ma vue n'est plus ce qu'elle était mais, ma
parole, vous êtes des enfants, on dirait ! Et je dirais

même plus, vous êtes des enfants dont le visage me rappelle quelque chose. Je suis sûr de vous avoir déjà vus quelque part, mais où ?

Horrifiés, les enfants se consultèrent du regard. Que faire ? Fuir à toutes jambes ? Ou tenter de convaincre le vieux monsieur qu'il faisait erreur ?

— Nous sommes de nouveaux volontaires, avança Violette. Je ne pense pas que nous nous soyons déjà rencontrés.

— La D.R.H. nous a désignés pour travailler au service des Archives, ajouta Klaus.

— En ce cas, dit le vieil homme avec un sourire fripé, vous avez frappé à la bonne porte. Je m'appelle Hal et je travaille ici, aux Archives, depuis plus d'années qu'un prêtre pourrait en bénir. Hélas ! ma vue n'est plus ce qu'elle était, j'en ai peur. J'ai donc demandé à Mme Babs de m'envoyer deux ou trois volontaires pour me donner un coup de main.

— Wolick, assura Prunille.

— Notre petite sœur dit que nous sommes trois, et tous trois ravis de vous rendre service, traduisit Violette. Et je suis bien d'accord.

— À la bonne heure ! se réjouit Hal. Parce que, je vais vous dire, ce n'est pas l'ouvrage qui manque. Tenez, venez par ici, que je vous explique ce que vous allez devoir faire.

Les trois enfants franchirent la porte et se retrouvèrent dans une pièce de dimensions modestes, meublée seulement d'une table sur laquelle trônait une grande coupe à fruits bien garnie.

— C'est ça, les Archives ? bredouilla Klaus.

— Bien sûr que non, dit le vieux monsieur. Ici, c'est seulement le vestibule, je m'en sers pour y ranger mes fruits. Si vous avez un petit creux, à un moment ou à un autre, venez vous servir, ils sont là pour ça. Et aussi, voyez-vous, c'est dans cet angle qu'est placé le terminal d'interphone. Donc nous devons venir ici chaque fois que Mme Babs fait une annonce.

Là-dessus, il gagna une petite porte et tira de sa poche une boucle de ficelle à laquelle pendaient des dizaines de clés, carillonnant gaiement entre elles à la façon des clochettes suspendues au cou des chèvres. Ses doigts eurent tôt fait de trouver celle qui ouvrait la porte.

— Et maintenant, dit-il avec un sourire en coin, oui, la voici, la salle des Archives.

Et, poussant le battant, il introduisit les enfants dans une salle immense et sombre, au plafond bas, si bas que ses cheveux argentés effleuraient presque le plafond.

Mais si l'espace manquait en hauteur, la superficie n'avait rien de chiche. Le mur du fond semblait si lointain que les enfants le distinguaient à peine, et les murs latéraux ne semblaient guère plus proches. Pour le reste, la salle n'était meublée que d'un régiment d'immenses casiers alignés à perte de vue, sortes de grandes armoires métalliques portant chacune une étiquette indiquant son contenu. Deux ou trois de ces casiers étaient ouverts et laissaient voir une superposition de tiroirs munis d'étiquettes plus petites. Le tout formait des rangs si serrés que, pour suivre Hal, les enfants devaient avancer en file indienne.

— C'est moi qui ai tout organisé, ici, expliquait fièrement le vieil homme. Cette salle contient des renseignements non seulement sur la clinique Heimlich – celle de jadis et celle de maintenant, qui a été construite par-dessus –, mais aussi sur toute la région. On y trouve de l'information sur tout, de la poésie aux potions, en passant par les portraits, la psychologie, les poudings, les pyramides – tout ça, rien que dans l'allée des P, que nous parcourons présentement.

— Quel endroit extraordinaire ! s'extasia Klaus. Imaginez comme on serait savants si on lisait tous ces dossiers !

Mais Hal se retourna, sévère :

— Lire ces dossiers ? Il n'en est pas question. Nous sommes censés classer les renseignements, pas les lire. Je ne veux pas vous voir ouvrir un seul de ces dossiers, sauf pour y ranger une fiche, vous m'entendez ? C'est d'ailleurs pourquoi je tiens tous ces casiers fermés à clé. Maintenant, venez, que je vous montre comment vous allez travailler.

Il les mena au mur du fond et pointa du doigt une ouverture rectangulaire, orifice plutôt étroit dans lequel Prunille – ou Klaus, de justesse – aurait pu se faufiler. Sous cette bouche était placée une grande corbeille contenant un amoncellement de papiers, ainsi qu'une coupelle emplie de trombones.

— Les autorités compétentes déposent l'information là-haut, à l'entrée du conduit qui aboutit ici. C'est une sorte de glissière dont l'autre extrémité s'ouvre au rez-de-chaussée, à l'extérieur de la clinique. Comme je l'ai expliqué à Mme Babs, il me faut deux personnes pour m'aider à ranger au bon endroit tout ce qui vient tomber dans cette corbeille. Voici comment vous y prendre. Pour commencer, vous retirez les trombones et vous les mettez dans cette coupelle. Ensuite, vous jetez un coup d'œil à l'information en question pour décider où la classer. Mais n'oubliez pas : il faut en lire le moins possible.

Il se tut, retira le trombone d'une liasse de feuillets et cligna des yeux sur la première page. Puis il enchaîna :

— Par exemple, tenez. Ici, il vous suffit de lire trois mots du premier paragraphe pour constater qu'il est question du temps qu'il a fait la semaine passée à Port-Damoclès, petite station balnéaire sur les bords d'un lac, je ne sais trop où. Donc, vous allez me demander d'ouvrir un tiroir dans l'aile D, pour Damoclès, ou T, pour temps, ou même P, pour port. À vous de voir.

— Mais ça ne risque pas d'être un peu compliqué, ensuite, pour retrouver l'information ? risqua Klaus. Les gens ne sauront pas trop où chercher : dans les D, dans les P ou dans les T ?

— Ils n'auront qu'à chercher sous ces trois lettres. L'information, c'est ça : bien souvent, on ne la trouve pas là où on va la chercher en premier. Mais n'oubliez jamais : remplir des papiers, classer des papiers, conserver des papiers, dans cet établissement, c'est le plus important de tout. Votre tâche est donc capitale. Bien, avez-vous compris ? Vous sentez-vous capables de classer ces papiers comme il faut ?

— Je crois, oui, répondit Violette. Mais le troisième volontaire, qu'est-ce qu'il va faire, lui ?

Hal fit cliqueter son trousseau de clés. Il semblait un peu embarrassé.

— Euh, voilà. J'ai égaré deux ou trois clés, si bien que certains des tiroirs sont bloqués. Il me faut quelqu'un pour m'aider à les ouvrir, peut-être en introduisant dans la fente un objet mince et bien affûté...

— Moi ! s'écria Prunille.

— Notre petite sœur dit que ce travail lui conviendra parce qu'elle a les dents bien affûtées, s'empressa de traduire Violette.

— Votre petite sœur? s'écria Hal, se grattant le crâne. Ne me demandez pas d'où je le tiens, mais je l'aurais juré, que vous étiez frère et sœurs. J'ai lu quelque chose à votre sujet, j'en suis certain. Et tout récemment, je dirais.

Une fois de plus, les enfants se sentirent les jambes molles. Ils échangèrent un regard et Klaus hasarda:

— Euh... Vous lisez *Le petit pointilleux*?

— Jamais de la vie! se récria Hal. Ce journal est le pire que je connaisse. Tout ce qu'il imprime n'est qu'un tissu de mensonges.

Les enfants respirèrent.

— Pas fâchée de vous l'entendre dire, assura Violette. Vous n'avez pas idée combien. Bon, il est peut-être temps de nous mettre au travail?

— Oui, oui, absolument. Viens par ici, toi, le bout de chou, que je te montre les tiroirs coincés. Vous deux, vous pouvez commencer à classer. Mais je donnerais cher pour retrouver où j'ai pu...

Le vieil homme n'acheva pas sa phrase. Il fit claquer ses doigts, souriant jusqu'aux oreilles.

On peut avoir différentes raisons, bien sûr, de claquer des doigts en souriant jusqu'aux oreilles. Par exemple, quand on a un casque de baladeur sur la tête, on peut claquer des doigts en souriant jusqu'aux oreilles pour montrer que la musique apaise les cœurs tumultueux. Ou encore, quand on est espion, on peut claquer des doigts en souriant jusqu'aux oreilles pour transmettre un message secret en code sourires-et-claquements-de-doigts. Mais parfois aussi on claque des doigts en souriant jusqu'aux oreilles parce que, tout à coup, on vient de se rappeler quelque chose, quelque chose qu'on tentait de retrouver depuis un moment déjà.

Ce jour-là, aux Archives, Hal n'écoutait pas de musique. Et, après une longue enquête – neuf mois, six jours et quatorze heures très exactement –, je suis en mesure d'affirmer qu'il n'était pas non plus un espion. Par conséquent je crois pouvoir dire, sans grand risque de me tromper, qu'il venait de se rappeler quelque chose.

— Ça y est, jubila-t-il, ça me revient ! Je le sais, maintenant, pourquoi j'avais l'impression de vous connaître...

Tout en parlant, il emmenait Prunille vers les tiroirs bloqués sur lesquels sa dentition hors pair allait pouvoir se rendre utile, et sa voix flottait par-dessus les casiers, un peu comme s'il parlait dans un interphone.

— ... Je n'ai lu l'article qu'en diagonale, bien sûr, mais il était question de vous dans le dossier des incendies Snicket.

# CHAPITRE
# 5

— Alors là, je sèche complètement, déclara Klaus. Et c'était là des
mots qu'il ne prononçait pas souvent.

Violette hocha la tête, puis à son tour,
elle prononça des mots qu'elle n'avait à peu
près jamais prononcés :

— J'ai bien peur que, cette fois-ci, le problème
nous dépasse complètement.

— Pietrisycamollaviadelrechiotemexity, compléta Prunille, et c'était un mot que, pour sa part,
elle n'avait prononcé qu'une fois dans sa vie.

Ce mot longuet signifiait, en gros : «Du diable
si j'y comprends goutte», et la première fois que
Prunille l'avait prononcé, c'était à son arrivée de
la clinique, six jours après sa naissance, quand ses
aînés s'étaient penchés sur son berceau pour lui
souhaiter la bienvenue.

Cette seconde fois, elle était assise par terre entre eux deux, dans l'aile inachevée de la clinique Heimlich, et tous trois se creusaient la cervelle pour tenter d'imaginer ce que pouvaient bien être ces « incendies Snicket » dont Hal avait parlé.

Si j'avais été auprès d'eux, j'aurais pu leur résumer la longue et triste histoire d'infortunés citoyens qui avaient cru s'engager dans une association aux buts nobles, et dont la vie avait été gâchée par la faute d'un sinistre individu et d'un journal tenu par des fainéants. Mais les orphelins étaient seuls et ils n'avaient, pour tout indice, que quelques bouts de papier froissés – tout ce qu'il restait des carnets Beauxdraps.

La nuit était tombée. Après avoir travaillé tout le jour aux Archives, les trois enfants s'étaient glissés dans l'aile inachevée de la clinique pour y camper tant bien que mal – et plutôt mal que bien.

Violette avait déniché trois lampes de poche, sans doute destinées à permettre aux ouvriers de travailler dans les recoins sombres, et elle les avait disposées de manière à éclairer un peu leur gîte. Mais à vrai dire, l'effet produit était surtout de souligner l'évidence : l'endroit ne brillait pas par sa propreté. Klaus avait déniché des bâches de protection, sans doute destinées à permettre aux peintres de ne pas tout éclabousser. Ses sœurs et lui s'étaient emmaillotés dedans, mais le semblant de confort ainsi obtenu soulignait surtout l'évidence ; de vilains petits vents coulis se faufilaient sous le plastique cloué aux planches et s'infiltraient partout, partout. Enfin Prunille, à petits coups de dents, avait débité en cubes plusieurs des fruits de la coupe de Hal pour en faire une sorte de salade de fruits, mais chaque poignée de ce bizarre dîner soulignait surtout l'évidence : comme pension de famille, on faisait mieux.

Cela dit, s'il tombait sous le sens que leur gîte était sale, et ouvert à tous les vents coulis, et indigne de la moindre étoile dans le plus indulgent des guides hôteliers, rien d'autre, rigoureusement rien d'autre, ne semblait évident.

— Nous pensions que les Archives allaient nous permettre d'en savoir plus sur Jacques Snicket, murmura Violette au bout d'un moment. Mais, si ça se trouve, c'est sur nous-mêmes que nous allons en savoir plus. À votre avis, qu'est-ce qu'il dit de nous, ce fameux dossier dont a parlé Hal ?

— Va savoir ! répondit Klaus. Et j'ai dans l'idée que Hal aussi l'ignore. Il nous a bien dit qu'il ne lisait pas les fiches.

— Sirg, commenta Prunille ; autrement dit : « Ou seulement en diagonale. Et je n'ai pas osé lui poser de questions. »

— Moi non plus, reprit Violette. Mieux vaut ne pas trop attirer l'attention. Un jour ou l'autre, Hal risque de découvrir que nous sommes recherchés pour meurtre, et ce serait trop bête d'être traînés en prison avant d'avoir appris quoi que ce soit.

— Oui, soupira Klaus. Sans compter que bon, d'accord, on s'est déjà évadés de prison une fois, mais rien ne dit qu'on pourrait recommencer.

— J'avais espéré que les notes d'Isadora et Duncan nous fourniraient des indices, poursuivit Violette, mais je les trouve affreusement difficiles à lire.

Une fois de plus, le front plissé, Klaus se pencha sur les bouts de papier étalés devant lui et les déplaça à l'aveuglette, comme des pièces de casse-tête.

— Tu parles, marmonna-t-il. Le harpon en a fait des confettis, ou presque... Par exemple, regardez ce que Duncan a écrit ici : Jacques Snick... déchiré ...S.N.P.V., c'est-à-dire... déchiré. On n'en saura pas plus.

— Moi, sur ce bout de page, enchaîna Violette, brandissant un feuillet qui me fait froid dans le dos, j'arrive tout juste à lire : Un peu partout, sur les photos, Snicket est dans l'ombre ou de dos. Deux vers et ça rime. C'est d'Isadora.

— Et sur ce bout-là, il y a écrit : ...ppartement, et, par-dessous, on dirait comme un plan. Ça a peut-être quelque chose à voir avec l'appartement de Jérôme et Esmé d'Eschemizerre.

— Ne m'en parle pas, marmotta Violette, et elle frémit au souvenir de leur séjour au 667, boulevard Noir.

— Rabav, dit Prunille, indiquant l'un des bouts de papiers.

— Sur celui-ci ? répondit Violette. Deux noms sont marqués. Le premier, c'est E. T. MACFOOL.

— MacFool ? se souvint Klaus. C'était le contre-maître de la scierie Fleurbon-Laubaine, vous vous rappelez ? Le chauve au long nez, en réalité.

— Oui, je sais, dit Violette. Un sbire du comte Olaf. L'autre nom, par contre, ne me dit rien du tout. ANA GRAMME.

— Connais pas, reconnut Klaus. Mais, étant donné qu'Isadora et Duncan enquêtaient sur le comte Olaf, ça pourrait être aussi le nom d'un complice.

— Pas l'homme aux crochets, en tout cas. Ana, c'est plutôt un prénom féminin, non ?

— Ça pourrait être le nom d'une des dames toutes poudrées.

— Orlando ! suggéra Prunille ; c'est-à-dire : « Ou celui de la créature qui ne semble être ni homme ni femme. »

— Ou celui d'un complice que nous n'avons encore jamais vu, soupira Violette en prenant un autre feuillet arraché. Tiens ! celui-ci est à peine déchiré. Mais il n'y a rien d'intéressant dessus, seulement une longue liste de dates... Apparemment, un truc qui avait lieu toutes les douze semaines environ.

Klaus saisit le plus petit des papiers, le déchiffra et le tendit à ses sœurs.

— Sur celui-ci, c'est seulement écrit : « incendie », murmura-t-il, les yeux tout tristes derrière ses lunettes.

Et le trio se tut, baissant le nez.

Chaque mot éveille en nous, c'est connu, des échos que les psychologues appellent des « associations subconscientes » – ce qui signifie, simplement, que certains mots nous font penser à certaines choses, que nous le voulions ou non, que nous le sachions ou non. Par exemple, le mot « gâteau » peut vous faire songer à votre anniversaire, le mot « prison », à quelqu'un que vous n'avez pas vu depuis longtemps. Pour ma part, le mot « Beatrice » me fait songer à une association de bénévoles, hélas infestée de gens malhonnêtes, et le mot « minuit » me rappelle que j'ai intérêt à rédiger ce chapitre presto, sans quoi je risque la noyade. Mais pour les orphelins Baudelaire le mot « incendie » éveillait une foule d'associations subconscientes, dont aucune n'était plaisante.

Ce mot leur rappelait qu'aux Archives, l'après-midi même, Hal avait parlé des « incendies Snicket ». Il leur rappelait Isadora et Duncan, qu'un incendie avait privés de leurs deux parents et de leur frère Petipa, et bien sûr, il leur rappelait le sinistre qui les avait jetés, tous les trois, hors du nid et les avait amenés, après bien des misères, à chercher refuge là, dans l'aile inachevée de la clinique Heimlich. Muets, pelotonnés sous leurs bâches qui laissaient de plus en plus se couler les vents coulis, les trois enfants réfléchissaient à cette série d'incendies dans leur vie.

— Ce fameux fichier contient sûrement le fil conducteur de tous nos mystères, murmura Violette après un long silence. Il faut absolument découvrir qui était Jacques Snicket, et pourquoi il portait le même tatouage que le comte Olaf.

— Et pourquoi il a été assassiné, enchaîna Klaus. Et le secret de S.N.P.V.

— Nou ! compléta Prunille ; c'est-à-dire : « Et pourquoi il y a notre photo dans ce dossier. »

— Il faut mettre la main sur ce dossier, conclut Violette.

— Plus facile à dire qu'à faire, commenta Klaus. Hal a été très clair : pas question de toucher aux dossiers, sauf pour y ranger des fiches. Et il sera toujours avec nous aux Archives.

— Il faudra trouver un moyen, résolut Violette. Bon, et maintenant, on ferait mieux de dormir pour avoir l'œil vif demain. Parce que, si on est trois marmottes, on n'aura aucune chance de dénicher ce dossier !

Klaus et Prunille, dociles, se recroquevillèrent sous leurs bâches comme des escargots au fond de leur coquille tandis que leur aînée éteignait les lampes de poche. Et les trois jeunes Baudelaire, mottés en petit tas silencieux, s'appliquèrent à dormir autant que faire se peut sur une dalle de ciment crasseuse, dans un gîte balayé de courants d'air.

Le matin venu, après un petit-déjeuner frugal fait des derniers dés de fruits, ils regagnèrent l'aile achevée de la clinique et redescendirent avec circonspection l'escalier menant au dernier sous-sol, sous l'œil indifférent des haut-parleurs et des plans à perdre le nord.

Aux Archives, ils trouvèrent Hal occupé à rouvrir les casiers à grands cliquetis de clés. Sans plus attendre, Klaus et Violette s'attaquèrent à la montagne de papiers à classer qui s'était reformée, durant la nuit, dans la corbeille au bas de la glissière, tandis que Prunille s'aiguisait les dents sur les casiers récalcitrants. Mais les trois enfants, pour être franc, n'avaient pas l'esprit à ce qu'ils faisaient – pas plus à ouvrir des casiers qu'à ranger dans des casiers. Ils n'avaient l'esprit qu'à ce fameux dossier.

Presque tout, en ce bas monde, est plus facile à dire qu'à faire, sauf peut-être scier sans chichis six cent soixante-six saucisses sèches avec une scie censée scier sans chichis six cent soixante-six saucissons – qui est plus facile à faire qu'à dire. Mais il n'est jamais plaisant de le constater une fois de plus. Tout en classant une fiche sur les goûts alimentaires de la limace dans l'allée des M, comme Mollusques, Violette se disait : «Je vais faire un saut dans l'allée des S et chercher Snicket.» Mais Hal était déjà dans l'allée des S, en train de classer une fiche illustrée sur les serre-joints, et Violette ne pouvait donc faire ce qu'elle avait dit. Tout en classant une étude détaillée sur les dés à coudre dans l'allée des P, comme Protection des doigts, Klaus se disait : «Je vais faire un saut dans l'allée des I et chercher Incendie.» Mais Hal avait gagné l'allée des I pour y ouvrir le dossier des Inventeurs irlandais illustres. Et, tout en rongeant une serrure pour débloquer un casier des F, Prunille se disait que peut-être le dossier convoité s'y trouvait, au mot Feu. Mais lorsque enfin la serrure céda, peu avant la pause de midi, le casier Feldspath-Flagellés se révéla vide, absolument, désespérément, irrémédiablement vide.

— Nil, rapporta Prunille, penaude, comme les trois enfants s'offraient une pause fruits dans le vestibule.

— Moi non plus, avoua Klaus. Mais comment faire, de toute manière, avec Hal toujours dans les parages ?

— Peut-être qu'il serait plus simple de lui demander de nous le sortir, ce dossier, bêtement, dit Violette. Les Archives, au fond, c'est un peu comme une bibliothèque, et Hal, comme un bibliothécaire. Oui, on devrait peut-être demander à Hal.

— Vous pouvez me demander tout ce que vous voulez, assura le vieil homme qui entrait justement. Mais d'abord, si vous le voulez bien, c'est moi qui vais vous poser une question. (Il s'avança, désignant du doigt l'un des fruits.) Ceci est-il un kaki ou une prune ? Ma vue n'est plus ce qu'elle était, j'en ai peur.

— C'est une prune, répondit Violette en la lui tendant.

— Ah ! parfait, se réjouit Hal, palpant le fruit pour voir s'il était ferme. Et maintenant, quelle est votre question ?

— On se demandait... commença Klaus, choisissant ses mots de peur d'éveiller les soupçons. On s'interrogeait sur un certain dossier... Je sais bien, en principe, on n'est pas censé lire les fiches qu'on classe, mais si... euh... Si nous avions très très envie de savoir des choses, est-ce qu'on ne pourrait pas faire une petite exception ?

Hal fronça les sourcils et mordit dans sa prune.

— Lire un dossier ? Mais pourquoi diable ? Les enfants, ça doit lire des livres gentils, pleins de belles histoires et de jolies images, pas des papiers officiels ni de l'information à classer.

— Oh ! mais nous sommes très intéressés par l'information à classer, vous savez, dit Violette. Et, dans la journée, nous avons tant à faire pour classer tous ces papiers, justement, que nous n'avons jamais une minute pour en lire une ligne. Alors nous espérions pouvoir emporter un dossier pour le lire à la maison.

— Hors de question, répondit Hal, catégorique. Les papiers, dans cette clinique, c'est le plus important de tout. Remplir des papiers, classer des papiers, conserver des papiers... Il est interdit de sortir de cette salle un seul dossier, sauf pour raisons exceptionnelles. Par exemple, récemment...

Mais les enfants Baudelaire ne surent rien de l'exemple récent, car l'interphone se mit à cracher et une voix couvrit celle de Hal.

— Votre attention, s'il vous plaît ! lança la voix, et les trois enfants, tels trois chiens savants, levèrent le nez vers le haut-parleur. Votre attention, s'il vous plaît !

Les enfants se figèrent.

La voix à l'interphone n'était pas celle de Mme Babs. C'était une voix éraillée, étouffée, mais ce n'était pas celle de la directrice des Ressources humaines. C'était une voix que les enfants Baudelaire avaient déjà entendue bien des fois, en bien des circonstances, bien des lieux. Mais elle avait beau leur être familière, jamais ils ne s'étaient faits à ses intonations sarcastiques, à cette façon de parler comme on raconte une plaisanterie féroce, avec un mot terrible à la fin.

— Votre attention, s'il vous plaît ! répéta la voix, et pourtant les enfants étaient déjà tout ouïe.

— Notre chère D.R.H. vient de démissionner, annonça la voix – et les orphelins crurent voir le sourire diabolique qu'affichait le comte Olaf chaque fois qu'il mentait, ce qui était souvent le cas. Elle a décidé de se lancer dans une carrière de cascadeuse, elle a même déjà commencé à se jeter du haut d'immeubles – sans élastique et sans parachute. Je suis votre nouveau D.R.H. et je m'appelle Mattathias. Pour inaugurer ma fonction, je vais procéder à une inspection complète du personnel de la clinique, à compter de cette minute même. Chacun de vous va être inspecté, jusqu'au dernier. Terminé.

— Une inspection ! commenta Hal, suçant le noyau de sa prune. Encore des balivernes ! Feraient mieux d'achever la deuxième moitié de cette clinique au lieu d'inspecter à tort et à travers.

— Ça se passe comment, une inspection ? s'informa Violette.

— Bah ! ils viennent et ils vous regardent, c'est tout, répondit Hal avec un haussement d'épaules. Venez, il est temps de reprendre le travail.

— Juste une petite minute, s'il vous plaît, pria Klaus. Je n'ai pas tout à fait terminé ma grenade...

— Entendu, mais ne tardez pas trop !

À nouveau seuls, les trois enfants se regardèrent, en silence et en désarroi.

— Il nous a retrouvés, murmura Violette très bas, si bas qu'elle-même s'entendait à peine, tant son cœur tambourinait.

— Il sait que nous sommes ici, c'est sûr, dit Klaus. L'inspection, c'est pour nous retrouver. Pour nous mettre le grappin dessus.

— Dir, murmura Prunille.

— D'accord, approuva Klaus, mais qui alerter ? Le comte Olaf, tout le monde le croit mort et enterré. Si nous disons qu'il est ici, déguisé en Mattathias, D.R.H. de la clinique Heimlich, qui veux-tu qui nous écoute ? La parole de trois enfants, ça ne pèse pas bien lourd, tu sais.

— Surtout trois enfants recherchés pour meurtre, rappela Violette. Et qui ont fait la Une du *Petit pointilleux*. Non, notre seule chance, c'est de retrouver ce dossier Snicket, et de voir si ces histoires d'incendie contiennent des preuves, des indices, quelque chose qui permette de traîner Olaf en justice.

— Mais il est interdit de sortir les dossiers de la salle des Archives.

— Alors il faudra consulter sur place.

— Plus facile à dire qu'à faire. On ne sait même pas à quelle lettre chercher, et Hal ne nous quitte pas d'une semelle de toute la sainte journée.

— Nox ! fit Prunille.

— C'est vrai, dit Violette. Hal est ici toute la journée mais le soir, il rentre chez lui. Il faut absolument trouver le moyen de revenir ici durant la nuit. C'est notre seule chance de mettre le nez dans ce dossier.

Klaus restait sceptique.

— Vous oubliez un détail : la nuit, les Archives sont fermées. À clé. À double tour. Et Hal verrouille tous les tiroirs chaque soir avant de s'en aller.

— Flûte ! dit Violette. J'avais oublié ce détail. Et comment crocheter toutes les serrures ? Bricoler un rossignol ou deux, passe encore, je l'ai déjà fait. Mais en bricoler cinquante ou cent, il ne faut pas rêver ; pas en si peu de temps.

— Iterniti ! ajouta Prunille. Ce qui signifiait, en gros : « Et moi, il me faut des heures, avec mes dents, pour déverrouiller un seul tiroir ! »

— Sans clés, on n'y arrivera jamais, conclut Klaus d'un ton sombre. Et pourtant, sans ce dossier, jamais on ne viendra à bout de Face-de-rat. Que faire ?

Les trois enfants poussèrent trois longs soupirs, puis, les yeux sur la coupe à fruits, ils réfléchirent très fort à la question : « Que faire ? »

La réponse était dans la coupe.

Quelque chose luisait, là, au milieu des prunes, des raisins, des figues, quelque chose de lisse et de rond, pas très gros, d'une belle teinte orangée : un kaki, les enfants le savaient. Mais ils savaient aussi qu'aux yeux de quelqu'un dont la vue baisse, la chose pouvait passer pour une prune. Et les enfants Baudelaire méditaient sur cette vérité première : quelqu'un dont la vue n'est plus ce qu'elle était peut assez facilement prendre une chose pour une autre...

# CHAPITRE

## 6

Ceci n'est pas l'histoire de Lemony Snicket. D'ailleurs l'histoire de Snicket ne vaut guère d'être contée, elle remonte beaucoup trop loin et nul ne peut plus rien sur la tournure qu'elle a pris. Si j'en glissais des bribes entre les lignes de ce récit, il n'en serait que plus abominable, plus insoutenable, plus cauchemardesque, plus abracadabrantesque encore. Non, ceci est l'histoire de Violette, Klaus et Prunille Baudelaire, et le présent épisode relate comment une découverte qu'ils firent dans les Archives de la clinique Heimlich bouleversa leur vie à jamais

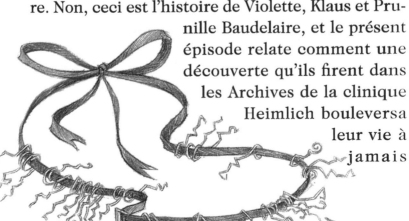

– et me donne, à moi, la chair de poule chaque fois que j'y pense, seul dans la nuit STOP.

Si ce livre narrait mon histoire – et non celle de trois enfants qui vont bientôt se retrouver face à une personne qu'ils avaient espéré ne plus jamais revoir –, je prendrais le temps de vous dire un mot d'une chose que j'ai faite, naguère, et qui continue de me hanter. C'était une chose qu'il me fallait faire, mais ce n'était pas joli joli, et aujourd'hui encore, chaque fois que j'y repense, j'ai un petit frisson de honte, un peu comme si mon estomac se gondolait. Par exemple, je suis au milieu d'une activité qui me plaît bien – flâner sur le pont d'un paquebot, contempler une aurore boréale, m'attarder dans une librairie et percher mes œuvres complètes sur les étagères du haut, afin que nul ne soit tenté de les acheter ou, pire encore, de les lire –, quand soudain je repense à cette chose que j'ai faite jadis, et je me dis : Le fallait-il vraiment ? Fallait-il absolument dérober ce sucrier à Esmé d'Eschemizerre ?

Les orphelins Baudelaire, cet après-midi-là, passaient par les mêmes affres (mot qui signifie ici : « les mêmes gondolements d'estomac »), tout en achevant leur journée aux Archives. Chaque fois que Violette rangeait une fiche à sa place, elle palpait son ruban dans sa poche et sentait son estomac se gondoler à la pensée de ce qu'elle et ses cadets s'apprêtaient à faire. Chaque fois que Klaus prenait une liasse de papiers dans la corbeille au bas de la glissière et qu'il conservait le trombone au creux de sa main, au lieu de le déposer dans la coupelle prévue à cet effet, il sentait son estomac se gondoler à la pensée du vilain tour que ses sœurs et lui s'apprêtaient à jouer. Et chaque fois qu'il passait à Prunille les trombones ainsi subtilisés sitôt que Hal avait le dos tourné, la benjamine des Baudelaire sentait son estomac se gondoler à la pensée de la fourberie qu'elle et ses aînés s'apprêtaient à commettre. Vers la fin de la journée, à l'heure où Hal se mit en devoir de reverrouiller tous les tiroirs en faisant tinter son grand trousseau de clés, les trois enfants auraient sans peine raflé tous les premiers prix dans un concours d'estomacs gondolés s'il s'en était tenu un dans les parages ce soir-là.

— Faut-il absolument faire ça? chuchota Violette à Klaus, tout en suivant Hal vers la sortie. (Du bout des doigts, au fond de sa poche, elle lissait son ruban afin d'en éliminer les nœuds.) Faut-il absolument le faire? Ce n'est pas joli joli.

— Je sais bien, soupira Klaus, tendant le creux de sa paume à Prunille afin qu'elle y redépose les trombones. Rien que d'y penser, j'ai l'estomac qui fait des huit. Mais nous n'avons pas le choix. Il faut mettre la main sur ce dossier.

— Olaf, ajouta sobrement Prunille ; ce qui signifiait : « Et il faut le faire avant qu'Olaf ne nous mette
le grappin dessus. »

À cette seconde, la voix râpeuse de Mattathias se
mit à grincer à l'interphone, et quatre paires d'yeux
se braquèrent sur le cube du haut-parleur.

— Votre attention, s'il vous plaît ! Ici Mattathias,
votre nouveau D.R.H. Nos inspections s'achèvent
pour la journée mais reprendront demain à la première heure.

— Sornettes ! grogna Hal, déposant son grand
trousseau de clés sur la table.

Les enfants regardèrent les clés, ils échangèrent
un regard furtif, puis regardèrent à nouveau les clés
tandis que Mattathias poursuivait :

— Autre avis important. Ceux d'entre vous
qui possèdent ici des objets de valeur, quels qu'ils
soient, sont invités à venir les déposer à la Direction
des ressources humaines où ils seront en sécurité.
Terminé.

— Hmm, mes lunettes sont des objets de valeur,
grommela Hal en les retirant de son nez. Mais qu'ils
ne comptent pas sur moi pour les leur remettre.
J'aurais trop peur de ne plus les revoir.

— Vous avez bien raison, lui dit Violette, scan-
dalisée par l'impudence du comte Olaf (et impudence signifie ici : « culot d'essayer de détrousser les
employés de la clinique, en plus d'essayer de faire

main basse sur la fortune Baudelaire»).

— Pour le reste, ajouta Hal avec un bon sourire, tout en décrochant son manteau, je vois mal qui pourrait me dérober quelque chose. Je n'ai affaire à personne, ici, à part vous trois – et j'ai en vous une confiance aveugle. Allons bon, où ai-je mis mes clés ?

— Elles sont ici, répondit Violette, et son estomac se gondola comme jamais.

Elle tenait à la main son ruban noué en boucle. À cette boucle étaient accrochés des dizaines et des dizaines de trombones, mâchouillés par Prunille de manière à leur donner des silhouettes évoquant des clés de formes variées. La petite avait opéré en cachette, chaque fois que Hal avait eu le dos tourné, et elle s'était donné bien du mal. Le résultat ressemblait vaguement à un trousseau de clés, de la même façon qu'un cheval ressemble vaguement à une vache et une femme en robe verte à un sapin. Mais en vérité personne, strictement et rigoureusement personne, à la vue de ce ruban retenant des dizaines de trombones mâchouillés, n'aurait pris l'objet en question pour un trousseau de clés – sauf peut-être quelqu'un dont la vue n'était plus ce qu'elle avait été.

Hal cligna des yeux vers la chose et les trois enfants retinrent leur souffle.

— Ah ? fit le vieil homme, incrédule. Je croyais les avoir mises sur la table.

— Non non, assura Klaus, se glissant prestement devant la table pour masquer le vrai trousseau de clés. Violette les tient dans sa main.

— Oui, les voilà, assura Violette en balançant l'objet dans les airs pour le rendre encore plus flou. Vous voulez que je les mette dans la poche de votre manteau ?

— Volontiers. Merci, dit Hal comme Violette glissait l'objet dans sa poche. Voilà encore une façon dont vous me rendez bien service, tenez. Ma vue n'est plus ce qu'elle était, et je trouve bon de pouvoir faire confiance à d'aussi gentils bénévoles – pardon, volontaires, vous êtes des volontaires, j'oubliais. Mais c'est quasiment la même chose, vous savez. En tout cas, bonsoir les enfants. À demain.

— À demain, Hal, répondit Klaus. Euh, s'il vous plaît... nous pouvons rester ici encore un instant, le temps de manger un fruit ou deux ?

— Si vous voulez, mais ne vous coupez pas l'appétit, tout de même. Gardez une petite place pour le souper. Il paraît qu'il fait très froid, ce soir ; je suis sûr qu'on vous attend chez vous avec un repas bien chaud.

Sur ce, avec un bon sourire, Hal laissa les enfants seuls, seuls avec les vraies clés et leurs estomacs gondolés.

— Un jour, promit Violette à voix basse, un jour nous demanderons pardon à Hal pour avoir trahi sa confiance. Nous lui expliquerons pourquoi nous n'avions pas le choix. Ce n'est pas joli joli, mais a-t-on le moyen de faire autrement ?

— Oui, dit Klaus, et nous retournerons à La dernière chance, et nous expliquerons au marchand pourquoi nous avons filé à l'anglaise.

— Touisp, ajouta Prunille d'un ton ferme ; autrement dit : « D'accord, mais pas avant d'avoir mis la main sur ce dossier, ni avant d'avoir résolu toutes les énigmes et prouvé notre innocence. »

— Évidemment, Prunille, assura Violette. Klaus, tu peux nous dire laquelle de ces clés ouvre la salle ?

Klaus saisit le trousseau et examina la serrure. Deux ou trois mois plus tôt – que cela semblait loin ! –, lors de leur séjour au bord du lac Chaudelarmes, Klaus avait dû trouver en un temps record quelle clé ouvrait quelle serrure et, depuis, il avait le coup d'œil. Il inspecta la serrure, dont le trou était en F très étroit, puis il inspecta le trousseau, et l'instant d'après, les trois enfants étaient de retour dans la grande salle, face aux sombres rangées de casiers.

— Je referme à clé derrière nous, annonça Klaus. Pour que tout ait l'air normal, si jamais quelqu'un mettait les pieds dans le vestibule.

— Mattathias, par exemple, murmura Violette avec un frisson. À l'interphone, il a dit qu'ils avaient arrêté l'inspection pour la nuit, mais combien on parie qu'il continue en catimini ?

— Vapey! fit Prunille; en d'autres mots: «Raison de plus pour ne pas traîner!»

— On y va, répondit Klaus.

Et il referma à double tour. La soirée d'enquête commençait.

Les trois enfants gagnèrent tout droit l'allée des S et s'engagèrent entre les casiers.

— Sauce gribiche-Saxifrage, lut Klaus à voix haute. Ça signifie que tout ce qui figure entre ces deux mots dans l'ordre alphabétique se trouve dans ce casier. Ce serait parfait si nous cherchions un dossier «Savate».

— Ou un dossier «Sauna», dit Violette. Avançons.

Ils avancèrent, et le plafond bas réverbérait l'écho de leurs pas.

— Scaphandrier-Scarabée, lut Klaus à voix haute.

Ses sœurs firent non de la tête et ils continuèrent d'avancer.

— Secrétariat-Sédimentation, lut Violette. C'est plus loin.

— Kalm, fit Prunille; autrement dit: «Je lis encore assez mal, mais je crois bien que cette étiquette dit: Sépulture-Sérénité.»

— Bien, Prunille! confirma Klaus avec un sourire pour sa petite sœur. Mais ce n'est toujours pas le bon casier.

— Sergent-major-Serpentaire, lut Violette.

— Serpentin-Sérumalbumine, lut Klaus, continuant d'avancer. Serviette éponge-Sextillion.

— Sextuplés-Show-business.

— Siamois-Simaruba.

— Simili-Sirocco.

— Sirop d'orgeat-Sloughi.

— Smoking-Solanacées.

— Solderie-Sonnet.

— Soprano-Soupape.

— Hé! Minute! coupa Klaus. Marche arrière! «Snicket», c'est entre Smoking et Solanacées!

— Bon sang! c'est vrai, dit Violette avec un saut de carpe en arrière. J'étais si absorbée par cette salade de mots que j'en oubliais ce qu'on cherchait. Le revoilà, Smoking-Solanacées. Espérons que le dossier est bien là.

Klaus examina la serrure, fit un essai avec une clé, puis une autre. La troisième fut la bonne.

— Le dossier devrait être dans un de ces tiroirs, dit-il, quelque part au milieu. Cherchons.

Et les enfants cherchèrent. Un smoking est un costume de soirée pour homme, souvent noir, qui fait ressembler celui qui le porte à un pingouin. Sur la fiche, il y avait une belle image, mais les enfants ne s'y attardèrent pas. Les solanacées sont une grande famille de plantes, au sein de laquelle cousinent pomme de terre et tomate, aubergine et poivron, pétunia et tabac. Là encore, il y avait des images, et Klaus se prit à rêver de bonnes frites croustillantes, mais ce n'était pas le moment. Entre les deux, il y avait un dossier sur Smyrne, ville antique familière à Klaus, mais dont Violette et Prunille ne connaissaient que les raisins secs. Il y avait un dossier sur un certain Snell Van Royen, dit Snellius, astronome et mathématicien hollandais, qui découvrit en 1620 la loi de la réfraction de la lumière, selon laquelle tout-rayon-réfracté-reste-dans-le-plan-d'incidence-et-quelle-que-soit-la-direction-du-rayon-incident-le-rapport-du-sinus-de-l'angle-d'incidence-au-sinus-de-l'angle-de-réfraction-demeure-constant-pour-deux-mêmes-milieux-et-une-même-radiation, ce que Klaus savait déjà. Il y avait sous Solaire un dossier sur l'inventeur des piles solaires, que Violette admirait beaucoup. Un autre, sur Snoopy, avait la faveur de Prunille. Mais il n'y avait pas le moindre dossier, pas même une fiche solitaire portant le nom de Snicket.

Les enfants se retinrent de soupirer, et Violette repoussa le tiroir pour permettre à Klaus de fermer le casier.

— Essayons l'allée des J, suggéra-t-elle. J comme Jacques.

— Chhh, fit Prunille.

— Non, Prunille, la contredit Klaus gentiment. Je ne crois pas que ce soit une bonne idée. Pourquoi Hal aurait-il rangé ce dossier dans les H ?

— Chhh, insista Prunille, un doigt pointé vers la porte.

Et ses aînés comprirent. Ils avaient mal interprété ce que disait leur petite sœur. En principe, dans le vocabulaire de Prunille, Chhh signifiait : « J'ai dans l'idée que l'allée des H serait un excellent endroit où chercher ce dossier » ; mais cette fois, le sens était plutôt : « Chut ! Silence ! Je crois que j'entends des pas dans le vestibule. »

Ses aînés tendirent l'oreille et en effet, derrière la porte, des pas résonnaient dans l'entrée, d'étranges pas décidés qui claquaient comme si le marcheur était perché sur des échasses. Les pas se rapprochaient, se rapprochaient... et brusquement ils se turent. Les enfants retinrent leur souffle. Alors la porte se mit à trembler fort comme si on la secouait pour l'ouvrir.

— C'est peut-être Hal qui essaie d'entrer, chuchota Violette. Avec un trombone en guise de clé.

— C'est peut-être Mattathias en train de nous chercher, souffla Klaus.

— Gardien, souffla Prunille.

— En tout cas, reprit Violette, on a intérêt à se dépêcher.

À pas de loup, les trois enfants se faufilèrent dans l'allée des J et passèrent en revue les étiquettes.

— Jabiru-Jabot.

— Jacana-Jambe de chien.

— Nersaï.

— Tout juste, Prunille ! chuchota Klaus. « Jacques », c'est entre Jacana et Jambe de chien.

— Du moins, si Jacques y est, tempéra Violette.

Et la porte, à l'autre bout de la salle, fut prise de nouveaux tremblements frénétiques.

Klaus se hâta de trouver la clé voulue, et les enfants ouvrirent le second tiroir à partir du haut, à la recherche d'un dossier « Jacques ».

Un jacana, comme le savait Klaus, est un oiseau d'Amérique centrale aux doigts de pied bien trop grands pour lui, et une jambe de chien, comme le savait Violette, est un nœud destiné à raccourcir un cordage. Entre les deux, une fois de plus, il y avait des tas d'autres dossiers – sur les jachères et les jacinthes, sur une floppée de Jackson, sur les Jacobins –, mais rien, strictement rien sur Jacques.

— Incendie ! chuchota Klaus en refermant le casier à clé. Allons voir dans l'allée des I.

— Et vite ! compléta Violette. On dirait bien que la personne qui cherche à entrer est en train de crocheter la serrure.

Et c'était vrai. Les trois enfants se figèrent une seconde pour écouter. Du côté de la porte, là-bas, quelque chose gratouillait dans le trou de la serrure, avec des crissements sourds. Crocheter une serrure peut prendre du temps, beaucoup de temps, Vio-

lette le savait d'expérience – depuis qu'elle-même,
chez l'oncle Monty, avait dû s'exercer à cet art. Mais
ce n'était pas une raison pour traîner, et les enfants
foncèrent vers l'allée des I, dans la mesure où l'on
peut foncer sur la pointe des pieds.

— Iambique-Ichtyosaure.

— Iconoclaste-Ictère.

— Ictus-Idioblaste.

— Idiosyncrasie-Ignifuge.

— Iguane-Imbécillité.

— Immelmann-Incisives.

— STOP! cria tout bas Prunille.

Ce n'était pas le mot « incisive » qui l'avait mise
en arrêt. À cette seconde, « stop » signifiait : « C'est
dans ce casier ! »

Fébriles, les enfants cherchèrent la bonne clé,
le bon tiroir, le bon dossier. Un immelmann – ce
qu'aucun d'eux ne savait – est une figure d'acro-
batie aérienne. Et les incisives – ce que tous trois
savaient – sont les dents de devant, plates et tranchantes, dont disposent tous les mammifères. Prunille fut choquée d'apprendre que la plupart des
ruminants n'en portent qu'à la mâchoire inférieure,
et jalouse de découvrir que l'opossum en a dix-huit.
Mais l'important n'était pas là : l'important était que
les dossiers, hélas ! passaient directement d'« Inca-
pacité » à « Incertitude », sans trace d'« Incendie »
entre les deux.

— Et maintenant? souffla Violette, tandis que la porte était reprise d'un accès de tremblements.

— Réfléchissons, décida Klaus. Qu'a dit Hal, exactement? Tout ce que nous savons, c'est que, dans ce dossier, il est question de Snicket et d'incendies.

— Lim, récapitula Prunille; entendant par là: « Mais nous avons déjà cherché à Snicket, à Jacques et à Incendie... »

— Peut-être à Feu? suggéra Violette.

— Flop, l'informa Prunille; autrement dit: « C'est tout vu: le casier Feldspath-Flagellés est vide. »

— Il faut pourtant trouver ce dossier, reprit Violette. Une chose est sûre, il existe. Et il contient des renseignements cruciaux sur Jacques Snicket, donc sur S.N.P.V.

— Et sur nous, rappela Klaus. Par-dessus le marché.

Les trois enfants échangèrent un regard.

— Baudlair! souffla Prunille.

Sans un mot, sans un bruit, le trio ne fit qu'un bond jusqu'à l'allée des B, passa sans ralentir devant Baalbek-Babylone, Baccara-Bactérie, Badigeon-Bagatelle, Baïonnette-Balai, Ballet-Banjo, pour s'immobiliser face à Bankiva-Bavarois.

Tandis qu'à l'entrée de la salle, la porte grelottait de plus belle, Klaus dut essayer neuf clés avant d'ouvrir enfin le casier. Et là, entre un dossier sur une espèce de coq sauvage et un autre sur un entremets glacé, il y avait bien un dossier «Baudelaire», mais il y était question d'un poète français mort depuis des lustres, et sans lien apparent avec la famille des enfants.

Le trio se tut, dépité. Mais Klaus chevrota soudain :

— Hé ! Attendez, il y en a un autre !

D'une main tremblante, il extirpa une deuxième chemise étiquetée «Baudelaire».

— Qu'est-ce qu'il y a dedans ? Qu'est-ce qu'il y a dedans ? souffla Violette enfiévrée.

— Regardez, chuchota Klaus, il y a un petit mot collé dessus.

— Lir ! souffla Prunille, véhémente.

La porte lui répondit en s'ébrouant comme un vieux tacot.

Klaus se colla le nez sur le dossier pour déchiffrer le billet griffonné et lut à mi-voix :

— «Les treize pages du dossier Snicket ont été retirées des Archives pour enquête officielle.» (Il leva les yeux vers ses sœurs ; ses lunettes s'embuaient à vue d'œil.) Ça doit être à ce moment-là que Hal nous a vus en photo : quand il a sorti le dossier pour le remettre aux enquêteurs. En tout cas, on arrive trop tard.

Sous le choc, il s'assit par terre. Le dossier lui échappa des mains.

— Vide. Une chemise vide. Tout ça pour rien.

— Attends, non ! chuchota Violette. Non, il reste quelque chose dedans, regardez !

Tous trois baissèrent les yeux vers la chemise de carton rose qui traînait par terre. D'un angle dépassait un coin de feuillet écorné.

— Page treize, lut Violette. Les enquêteurs ont dû l'oublier par erreur.

— Ce qui prouve l'utilité des trombones et des agrafes, dit Klaus. Y compris pour les papiers rangés dans une chemise. Voyons ce que dit cette page tr...

Un long craquement sinistre, suivi d'un fracas plus sinistre encore, couvrit la fin de sa phrase. À l'autre bout de la salle, la porte arrachée de ses gonds venait de s'affaler au sol, comme si elle était tombée évanouie.

La page treize du dossier Baudelaire se résumait à bien peu de chose : rien d'autre qu'un cliché jauni agrafé sur un feuillet blanc, juste au-dessous d'une phrase unique tapée à la machine à écrire.

Mais il suffit parfois d'un cliché jauni et d'une phrase unique pour faire sangloter un auteur, y compris des années plus tard – ou pour rendre muets trois enfants, dévorant cette page des yeux comme si elle contenait tout un roman.

Le cliché montrait quatre personnes, debout au pied d'un immeuble que les enfants reconnurent d'emblée. C'était le 667, boulevard Noir, où ils avaient séjourné brièvement chez Jérôme et Esmé d'Eschemizerre – jusqu'au jour où l'endroit était devenu, comme tant d'autres, trop malsain pour eux.

De gauche à droite, sur le cliché, on reconnaissait d'abord Jacques Snicket, qui regardait le photographe bien en face, avec un franc sourire. À côté de lui se tenait un homme qui se détournait de l'objectif, si bien qu'on ne distinguait pas ses traits mais seulement l'une de ses mains, munie d'un stylo et d'un calepin, comme si l'homme était journaliste ou peut-être une sorte d'écrivain.

Jacques Snicket, pour les trois enfants, n'était qu'un souvenir fugitif, bien sûr, et l'homme au calepin semblait quelqu'un qu'ils n'avaient jamais rencontré. Mais à leurs côtés se tenaient deux personnes que les orphelins connaissaient bien, et qu'ils avaient cru ne plus jamais revoir. Emmitouflés de longs manteaux, l'air frigorifiés mais heureux, c'était les parents Baudelaire.

« En raison de l'indice examiné p. 9, disaient les deux lignes au-dessus de la photo, les experts estiment aujourd'hui que l'incendie pourrait bien avoir laissé un survivant, mais nul ne sait pour l'heure où celui-ci se trouve. »

# CHAPITRE
# 7

— Ils sont bien comme
dans mes souvenirs, murmura
Violette. Je ne les oublierai jamais, quand même je vivrais
cent ans.

Et elle se replongea dans la
contemplation de la page treize. Ses parents lui rendaient
son regard et Violette, une fraction de seconde, crut que son
père allait sortir de la photo et
l'apostropher : « Ah ! te voilà,
Ed ? Où étais-tu donc ? »

Ed, c'était le diminutif de
Thomas A. Edison, le plus grand
inventeur de tous les temps, et
c'était aussi le petit nom avec

lequel le père de Violette avait choisi de la taquiner gentiment. Mais l'homme sur la photo ne bougeait pas, bien sûr. Il souriait, imperturbable, devant le 667, boulevard Noir.

— Moi non plus, murmura Klaus, pas de danger que j'oublie.

Il contemplait le manteau maternel, qui comportait une poche secrète. De cette poche secrète, bien des fois, Klaus avait vu sortir le petit dictionnaire que sa mère consultait lorsqu'elle rencontrait un mot qui l'intriguait. À l'instant même, il semblait à Klaus qu'elle allait plonger la main dans cette poche et lui glisser dans la main le petit volume relié de cuir.

— Nompu, murmura Prunille.

Elle regardait ses parents sourire et le souvenir lui revenait, pour la première fois depuis l'incendie, d'une chanson avec laquelle ils la berçaient à l'heure du coucher. Chacun d'eux chantait un couplet tour à tour, sa mère, d'une voix haute et claire, son père, d'une voix basse et profonde, une vraie corne de brume. Prunille ne se souvenait plus très bien des paroles, ni même de la mélodie en entier, mais elle savait que cette chanson avait été pour elle une merveilleuse façon de finir la journée, bien au chaud dans son petit lit et en toute sécurité.

— Elle n'a pas l'air toute récente, cette photo, observa Violette soudain. Regardez comme ils font jeunes. Et ils n'ont même pas d'alliances.

«En raison de l'indice examiné p. 9», relut Klaus à voix basse, «les experts estiment aujourd'hui que l'incendie pourrait bien avoir laissé un survivant, mais nul ne sait pour l'heure où celui-ci se trouve.» (Il se tut, regarda ses sœurs.) À votre avis, qu'est-ce que ça veut dire? Qu'un de nos parents serait vi...

Des pas martelés l'interrompirent. Une voix ricana bien haut:

— Tiens donc! Comme on se retrouve!

Absorbés par leur découverte, les enfants avaient oublié tout le reste – et en particulier la personne qui cherchait avec rage à s'introduire dans la salle. Ils levèrent les yeux juste à temps pour voir une silhouette effilée marcher droit vers eux le long de l'allée des B.

C'était une personne qu'ils connaissaient bien, une personne qu'ils avaient espéré ne plus jamais revoir de leur vie. Pour désigner cette personne, différentes dénominations pouvaient convenir: «fiancée du comte Olaf», «plus récente tutrice des orphelins Baudelaire», «sixième conseiller financier de la ville», «occupante du dernier étage de l'appartement du 667, boulevard Noir», sans parler d'autres encore, trop déplaisantes pour être imprimées dans un livre. Mais l'intéressée perdait rarement une occasion de se présenter sous son identité favorite.

— Vous me reconnaissez, je pense? sifflèrent ses lèvres bardées de rouge – comme si les enfants

risquaient de l'oublier, fût-ce au prix de gros efforts !
Esmé Gigi Geniveve d'Eschemizerre, enchantée de
vous revoir.

Elle se planta devant les enfants et ils comprirent pourquoi ses pas claquaient comme si elle marchait sur des échasses. Esmé d'Eschemizerre était
une esclave de la mode, terme qui signifie ici : « toujours affublée de fringues farfelues, très chic, très
dispendieuses et très inconfortables ». Ce soir-là,
elle paradait dans un grand manteau de fourrure (de
vraie fourrure prélevée sur le dos de pauvres bêtes
qui n'avaient fait de mal à personne), assorti d'un
sac à main en forme d'œil en tout point semblable
à l'œil tatoué sur la cheville de son cher et tendre
Olaf. Son chapeau s'ornait d'une voilette qui lui frôlait le bout du nez, et ses pieds étaient juchés sur
des bottines à talon pointu – si pointu que jamais le
terme « talons aiguilles » n'avait été plus approprié.
C'était tout à fait le type d'aiguille dont on équipe
d'énormes seringues pour endormir les rhinocéros.
D'ailleurs, chacun de ses pas perforait le parquet
d'un petit trou, à croire qu'un pivert géant était
venu s'y faire le bec. De temps à autre, l'un de ses
talons restait fiché dans le bois et elle l'en arrachait
rageusement, ce qui expliquait ce pas haché, étrangement inégal. Cette saison-là, ces talons grotesques
étaient ce qu'il y avait de plus *in* – autrement dit, à
la mode – mais les enfants Baudelaire l'ignoraient,

ayant eu mieux à faire, dernièrement, qu'à feuille-
ter des magazines chic, si bien qu'ils ouvrirent des
yeux ronds, se demandant pourquoi Esmé s'était
chaussée d'engins de torture.

— Quelle bonne surprise ! minauda Esmé. Olaf
m'envoie ici pour faire disparaître le dossier Baudelaire, mais ce sera d'une pierre deux coups : li-
quidé, le dossier Baudelaire, et liquidés, les gamins
du même nom !

Les trois enfants ouvrirent des yeux plus ronds
encore, et Klaus bondit sur ses pieds.

— Parce que... balbutia Violette. Parce que...
vous étiez au courant, pour ce dossier ?

Esmé éclata d'un rire maléfique qui vit voleter
sa voilette.

— Au courant ? C'est ce qui m'amène : éliminer
ces treize pages. (Elle avança d'un pas chancelant
sur ses échasses.) C'est bien pourquoi il a fallu éliminer Jacques Snicket. (Un deuxième pas ficha son
talon dans le bois.) Et c'est pourquoi, vous aussi, il
va falloir vous faire disparaître. (Elle agita le pied,
agacée, pour extraire son talon du parquet.) J'ai
dans l'idée que cette clinique va bientôt compter
trois patients de plus. Mais je crains fort que les
médecins ne puissent pas grand-chose pour eux
– enfin, pour deux d'entre eux au moins...

Les enfants reculèrent de deux pas pour conserver la distance. Étourdiment, Klaus demanda,

serrant contre son cœur la page treize :

— Qui est sorti vivant de l'incendie ? L'un de nos parents ? Lequel ?

Esmé eut une grimace. Elle lança une main griffue pour s'emparer du feuillet. Raté. On manque d'équilibre sur de hauts talons. Alors elle s'étrangla de rage :

— Vous avez lu le dossier ? Qu'est-ce qu'il dit ?

— Vous ne le saurez jamais ! cria Violette, et elle se tourna vers ses cadets. Vite ! Courez !

Les trois enfants détalèrent. Au fond de l'allée des B, ils contournèrent le casier Byron-Byzantinologie et repartirent sans prendre haleine le long de l'allée des C.

— Hé ! haleta Klaus. On court dans le mauvais sens !

— Rétro ! renchérit Prunille ; en d'autres mots : « Klaus a raison : la sortie, c'est de l'autre côté ! »

— Mais Esmé aussi va dans le mauvais sens, souligna Violette. L'idée, c'est de la semer !

— Oh ! mais je vous aurai ! rugit leur poursuivante par-dessus les casiers. Je vous aurai, petits scorpions !

Un quart de seconde, les trois enfants firent halte devant le casier Conchylis-Condorcet

– le premier, papillon, le second, philosophe –, le temps de situer l'ennemi aux claquements de ses talons.

— Une chance qu'elle porte ces chaussures din-gues, souffla Klaus. Comme ça, elle court moins vite que nous.

— Jusqu'à ce qu'elle pense à les enlever, chu-chota Violette. Elle est aussi futée que féroce.

— Chhh, fit Prunille, et les trois enfants écou-tèrent derechef.

Les pas d'Esmé s'étaient arrêtés. Les enfants l'entendirent marmotter très bas. D'instinct, ils se blottirent les uns contre les autres.

C'est alors qu'un bruit s'éleva, un craquement sourd suivi d'un long crissement, puis d'un fracas de ferraille. Puis cette suite de sons se reproduisit, puis la même encore, en cascade odieuse. Et plus ces sons se répétaient, plus ils se faisaient grinçants, assourdissants, cataclysmiques. Les trois enfants se regardèrent, hagards. C'est Violette qui, la pre-mière, comprit de quoi il retournait.

— Elle renverse les casiers ! hurla-t-elle, indi-quant le sommet de Confetti-Constitutionnel qui oscillait de façon alarmante. Elle les fait basculer et ils s'écroulent comme des dominos !

Et c'était vrai. Esmé avait imprimé une violente poussée au casier du bout de l'allée. Celui-ci avait basculé sur son voisin, lequel à son tour avait fait verser le suivant, et toute la rangée s'écroulait tran-quillement en direction des enfants, à la façon d'une vague s'écrasant sur une plage.

Violette saisit ses cadets au collet et les traîna en arrière d'un bond.

Il était temps. Le casier le plus proche parut hésiter puis, se décidant d'un coup, il s'abattit à grand fracas, à l'endroit précis où les trois enfants s'étaient tenus la seconde d'avant. Ils eurent un frisson rétrospectif, ayant manqué de peu se faire écraser sous une montagne de dossiers sur la congruence des nombres entiers, les conifères, les conjugaisons et une bonne centaine d'autres sujets concomitants.

— Je vais vous transformer en galettes ! lança Esmé en s'attaquant à la rangée voisine. Je vais vous mettre en deux dimensions, vous serez plus faciles à classer !

— Courr ! cria Prunille.

Mais ses aînés n'avaient pas besoin d'exhortations. Les trois enfants foncèrent jusqu'au bas de l'allée des C, tandis qu'autour d'eux les casiers craquaient, crissaient, grinçaient, s'écroulaient en cadence.

— Et maintenant, cria Violette, on va où ?

— L'allée des D ! répondit Klaus, mais il changea d'avis en voyant la rangée de casiers commencer à vaciller. Non, l'allée des E !

— L'allée des O ? demanda Violette, qui entendait mal par-dessus ce vacarme.

— E ! répéta Klaus. E comme Entrée ! Tu sais bien, ici, c'est la seule sortie !

Les enfants détalèrent le long de l'allée des E, mais lorsqu'ils passèrent le dernier casier, l'allée des F était en train de devenir Franchement Fourbe, l'allée des G tournait à la Gueule du loup, l'allée des H se révélait Hautement Hasardeuse. En un rien de temps, les trois enfants se retrouvèrent aussi éloignés de l'entrée qu'il était possible de l'être. Tout autour d'eux, les casiers s'écroulaient, et par-dessus le vacarme, Esmé les maudissait, tout en continuant de poinçonner le parquet avec rage.

Bientôt, sans savoir comment, les enfants se retrouvèrent dans l'angle où tombaient les dossiers. Tandis que dans leur dos se poursuivaient les effondrements en cascade, leurs yeux se posèrent sur le tas de papiers au fond de la corbeille, puis sur la coupelle de trombones, puis sur l'orifice du conduit – et ils se consultèrent du regard.

— Violette... hésita Klaus. Avec cette corbeille et ces trombones, tu crois que tu pourrais inventer quelque chose ? Quelque chose pour nous sortir d'ici ?

— Pas besoin, répondit sa sœur. Le conduit va nous tenir lieu de sortie.

— Mais tu ne vas jamais pouvoir passer, protesta Klaus. C'est bien trop étroit. Même moi, pas sûr que...

— Jamais vous ne sortirez vivants d'ici, petits imbéciles ! coassa Esmé à trois allées de là.

— Il faut essayer, décida Violette. Prunille, toi la première.

— Prapil, fit Prunille, sceptique.

Mais elle s'engagea dans le conduit, aussi agile qu'un lézard. Sitôt à l'intérieur, elle se retourna vers ses aînés.

— À toi, maintenant, dit Violette à Klaus.

Klaus retira ses lunettes de peur de les casser, et s'engagea derrière sa cadette. C'était un peu juste pour lui ; il dut se contorsionner, mais il parvint finalement à s'introduire dans le conduit.

— Ça ne marchera jamais, dit-il à Violette. D'abord, étant donné la pente, ça va être du sport pour monter. Mais surtout, toi, tu ne passeras jamais. Regarde, même pour moi, c'est juste.

— Je trouverai une autre solution, dit Violette.

Sa voix était parfaitement calme, mais Klaus et Prunille, depuis le conduit, voyaient bien que la peur lui faisait des yeux immenses.

— Pas question, déclara Klaus. On redescend. On trouvera bien un autre moyen de filer. Tous les trois ensemble.

— Trop risqué, le contredit Violette. Pour échapper à Esmé, il faut nous séparer. Vous deux, prenez cette page treize et filez par cette glissière. Moi, je vais trouver un autre moyen. Rendez-vous dans l'aile inachevée, d'accord ?

— Nan ! cria Prunille.

— Prunille a raison, dit Klaus. Tu te souviens, avec Isadora et Duncan ? On les a laissés seuls dans la cage. Résultat : ils ont été enlevés.

— Ils sont en sécurité, maintenant, rappela Violette. Non, ne vous en faites pas, vous deux. J'inventerai bien une solution.

Et l'aînée des Baudelaire, avec un pâle sourire, voulut prendre son ruban pour s'en nouer les cheveux. Mais, dans sa poche, il n'y avait pas de ruban. Elle s'en était servie, elle se le rappelait maintenant, pour berner Hal à l'aide d'un faux trousseau de clés. À ce souvenir, son estomac se gondola un peu, mais l'heure n'était pas aux remords.

À sa grande horreur, elle entendit un crissement dans son dos, et sauta de côté juste à temps pour éviter de se faire écraser comme une mouche. Le casier Linguistique-Lions vint s'écrouler contre le mur, bloquant l'entrée du conduit.

— Violette ! hurla Prunille, et elle tenta désespérément, avec l'aide de son frère, de repousser le casier.

Mais les forces conjuguées d'une bambine et d'un garçon de treize ans ne faisaient pas le poids face à un énorme casier bourré de dossiers sur des tas de sujets, de l'histoire du langage humain aux us et coutumes d'un grand félin natif de l'Afrique subsaharienne.

— Je suis toujours là ! cria Violette pour les rassurer. Ça va ! Y a pas de mal !

— Pas de mal, pas de mal, pour le moment!
ricana Esmé non loin de là.

Puis, de leur conduit obstrué, Klaus et Prunille
entendirent la voix assourdie de leur aînée:

— Montez! Sortez vite! Laissez-moi me dé-
brouiller! Rendez-vous... où vous savez!

Pliés en quatre au bas du conduit, les cadets
Baudelaire n'en menaient pas large, et je crois inutile de dire combien ils se sentaient misérables, im-
puissants, paralysés. Je crois inutile aussi de décrire
l'horreur que c'était, pour eux, d'entendre Violette
courir en tous sens à travers la salle dévastée, Esmé
la pourchasser sur ses talons aiguilles et les derniers
casiers s'écrouler en rafale. J'estime vain de raconter la longue et rude grimpée des deux cadets le long
du conduit, si lisse et si pentu que c'était comme
de gravir une côte verglacée au lieu d'une sorte de
tube incliné, destiné au transport de l'information.
Il me paraît sans intérêt d'exprimer ce qu'ils ressen-
tirent lorsqu'ils parvinrent enfin à l'autre bout, qui
n'était qu'un orifice pratiqué dans le mur extérieur
de la clinique, et lorsqu'ils découvrirent combien
Hal avait dit vrai en parlant de soirée très froide.
Et j'estime qu'il serait absolument superfétatoire
(mot utile qui signifie tout à la fois: «vain, inutile,
sans intérêt et parfaitement superflu») de décrire
ce qu'ils éprouvèrent ce soir-là, dans l'aile inachevée de la clinique, enroulés dans leurs bâches pour

tenter de se tenir chaud, avec pour unique compagnie trois lampes de poche faiblissantes, et la nuit entière devant eux pour attendre leur aînée.

En revanche, je crois utile – et donc nullement superfétatoire – de dire à quoi ces deux-là songeaient, nichés l'un contre l'autre et serrant précieusement la page treize du dossier Baudelaire.

«Je m'en souviendrai toujours, quand même je vivrais cent ans», avait dit Violette le jour même.

Ce n'était qu'une expression toute faite, bien sûr ; une façon de dire : «Je m'en souviendrai encore dans très, très, très longtemps.» Mais désormais ces quelques mots, «quand même je vivrais cent ans», rendaient un son tout différent.

Quelles étaient les chances de Violette, à présent, de vivre cent ans ?

# CHAPITRE
## 8

La clinique Heimlich n'existe plus, et ne sera sans doute jamais rebâtie. Si vous tenez à vous rendre là-bas, il vous faudra trouver un mulet et le louer pour la journée, car aucun habitant de la région n'accepte de mettre les pieds à moins de vingt kilomètres des ruines.

Une fois sur place, vous comprendrez pourquoi. Les derniers pans de mur encore debout disparaissent sous les assauts d'une liane entreprenante, une invasive du nom de « kudzu » (*Pueraria lobata* pour les botanistes), capable d'engloutir une ville entière le temps d'un été, pour peu qu'on la laisse croître à sa guise. En conséquence, il est

malaisé d'imaginer à quoi ressemblait la clinique Heimlich telle que la virent les enfants Baudelaire le jour de leur arrivée. Le long des escaliers branlants, il ne reste à peu près rien des plans à perdre le nord, si bien qu'on évalue mal combien il était difficile de trouver son chemin dans ce labyrinthe. Quant au système d'interphones, il n'en reste rien non plus, hormis un ou deux haut-parleurs rouillés au milieu des gravats et des cendres, si bien qu'on ne mesure plus à quel point chaque annonce vous glaçait le sang – comme celle qui réveilla Klaus et Prunille, ce matin-là, alors qu'ils venaient de s'assoupir après toute une nuit passée à guetter leur sœur en vain.

— Votre attention, s'il vous plaît !

Il n'y avait pas de terminal d'interphone dans l'aile inachevée, bien sûr, et les enfants durent tendre l'oreille pour distinguer les mots que crachaient les haut-parleurs du dehors.

— Votre attention, s'il vous plaît ! Ici Mattathias, votre D.R.H. Nous annulons le restant des inspections. Nous avons trouvé ce que nous cherchions...

Il y eut un semblant de silence, mais Klaus et Prunille, qui écoutaient intensément, perçurent un gloussement étouffé : le ricanement de triomphe, hors micro, du directeur des Ressources humaines.

— Euh, veuillez m'excuser, reprit Mattathias, son accès de fou rire passé. Autre information : deux des trois jeunes assassins Baudelaire, Klaus et Pru... pardon, Klyde et Susie Baudelaire, ont été aperçus dans notre établissement. Si vous repérez l'un de ces enfants, dont vous avez vu le portrait dans le journal, veuillez procéder à sa capture et prévenir immédiatement la police.

La voix de Mattathias se tut, mais ses glousse-ments reprirent de plus belle, jusqu'au moment où la voix d'Esmé d'Eschemizerre murmura : « Trésor, tu as oublié de couper l'interphone. » Il y eut un clic, et le silence se fit.

— Ils l'ont attrapée, murmura Klaus très bas, et il eut un violent frisson, malgré les rayons du matin qui attiédissaient l'air déjà. Mattathias dit qu'il a trouvé ce qu'il cherchait...

— Pericoloso, fit Prunille d'un ton sombre.

— Il faut aller la délivrer, et vite.

— Vrim, répliqua Prunille ; c'est-à-dire : « Mais on ne sait même pas où elle est. »

— Quelque part dans cette clinique, forcément. Sinon Mattathias ne serait plus là. Esmé et lui espè-rent sûrement nous capturer aussi.

— Docum, ajouta Prunille.

— Et s'emparer de la page treize en prime, tu as raison. (Machinalement, Klaus tapota sa poche de chemise où il avait rangé ladite page, pliée avec

soin, avec les vestiges des carnets Beauxdraps.)
Bon, assez parlé. Filons à sa recherche. Il faut la
tirer de là !

— Lidersto, commenta Prunille ; autrement
dit : « Pas facile. Il va falloir patrouiller de couloir
en couloir pour la retrouver, pendant que d'autres
patrouilleront de couloir en couloir pour nous retrouver, nous. »

— Je sais bien, marmonna Klaus, lugubre. Et,
si quelqu'un nous reconnaît, quelqu'un qui nous
aurait vus dans le journal, ce sera terminé pour
nous, avant même que nous ayons pu la secourir.

— Déguiz ? suggéra Prunille.

— Oui, mais comment ? dit Klaus, balayant des
yeux leur gîte. Avec trois lampes de poche et des
bâches en plastique ? Sauf à nous déguiser en petits
tas de matériaux de chantier...

— Gidoust, répliqua Prunille ; en d'autres mots :
« Mais les petits tas de matériaux de chantier ne se
baladent pas de couloir en couloir. »

— Alors il va falloir circuler sans déguisement.
En faisant très, très attention, c'est tout.

Prunille acquiesça avec conviction, comme si
faire très, très attention était une excellente solution, et Klaus, à son tour, hocha la tête avec conviction.

Mais dès qu'ils eurent quitté le gîte, leur conviction commença à fondre. Faire très, très atten-

tion, tout bien pesé, n'était peut-être pas la protection absolue. Depuis ce terrible jour, à la plage, où M. Poe leur avait dit qu'ils n'avaient plus ni maison ni parents, les trois jeunes Baudelaire n'avaient pas cessé de faire très, très attention. À tout. En permanence. Ils avaient fait très, très attention chez le comte Olaf – et pourtant Prunille s'était retrouvée en cage, suspendue au-dessus du vide à la plus haute fenêtre d'une tour.

Ils avaient fait très, très attention à la scierie Fleurbon-Laubaine – et pourtant Klaus s'était retrouvé hypnotisé. Mieux : dans cette clinique aussi, ils avaient fait très, très attention – et pourtant l'endroit était devenu plus hostile encore que tous ceux où ils avaient mis les pieds jusqu'alors.

Mais juste comme ils entraient dans la partie achevée de la clinique – les jambes de moins en moins solides et le cœur battant à tout rompre –, Klaus et Prunille entendirent une musique qui apaisa un peu leurs cœurs tumultueux.

> *Même avec la migraine*
> *Ou de l'impétigo,* } (bis)

Et la troupe de volontaires surgit au détour d'un couloir, chantant à tue-tête sous une nuée de ballons en forme de cœur. Klaus et Prunille échangèrent un coup d'œil, puis, en catimini, ils se fondirent dans le groupe. Quelle meilleure cachette, quand on a son portrait dans le journal, qu'une bande de joyeux lurons qui ne lisent jamais le journal ?

> *Oyez notre rengaine*
> *Et tout sera plus beau !*

*Ah ! la vie...*

Au grand soulagement des enfants, la troupe des volontaires était bien trop occupée à chanter pour leur prêter attention, de sorte que la manœuvre passa inaperçue. Seule une dame qui, pourtant, roucoulait de tout son cœur parut remarquer les arrivants, et elle leur tendit à chacun un ballon. Ils remercièrent d'un murmure et se cachèrent le nez derrière, si bien que quiconque les croisait ne voyait là que deux volontaires portant des cœurs gonflés à l'hélium et non deux dangereux criminels recherchés pour assassinat.

> *... est belle,*
> *Chers amis, chantons, rions !*
> *Ah ! la vie est belle !*
> *Prenez un ballon !*

Au refrain, comme un seul homme, les volontaires obliquèrent pour pénétrer dans une chambre, bien décidés à administrer une dose de bonne humeur aux patients.

Les patients étaient deux, chacun faisant grise mine sur son lit métallique : un pauvre bougre aux jambes dans le plâtre et une dame aux bras momifiés. Sans cesser de chanter, un volontaire donna un ballon au premier, puis il en noua un autre au poignet de la deuxième, puisqu'elle ne pouvait rien tenir.

— Je vous demande pardon, dit le patient d'une voix étranglée, vous pourriez appeler une infirmière, s'il vous plaît ? On m'avait promis un médicament antidouleur ce matin, mais personne n'est passé me voir.

— Et moi, j'aimerais bien un verre d'eau, si ce n'est pas trop demander, chevrota la dame.

— Ah ! désolé, répondit le barbu, plaquant un accord sur sa guitare. Nous ne sommes pas habilités, et d'ailleurs nous n'avons pas le temps. Vous rendez-vous compte, nous devons passer dans toute la clinique. Ça ne nous laisse pas beaucoup de temps pour chacune des chambres.

— De plus, ajouta l'un de ses compagnons avec un grand sourire, l'important, pour bien se rétablir, c'est de garder le moral. De la bonne humeur, de l'entrain ! Ça vaut tous les verres d'eau et tous les analgésiques. (Il consulta la liste qu'il tenait à la main.) Patient suivant : Bernard Rieux, chambre 105, service des Pestiférés. Frères et sœurs, venez !

Et toute la troupe tourna les talons en reprenant sa chanson. Derrière son ballon, Klaus glissa à l'oreille de Prunille :

— Si on passe dans toute la clinique, on va finir par trouver Violette, forcément.

— Chloum, chuchota Prunille ; autrement dit : « Oui, même si je n'ai pas trop le cœur à aller voir tous ces pauvres gens, surtout sans pouvoir rien faire pour eux. »

> *Si vous avez la peste,* } (bis)
> *Le croup, le choléra,*
> *Retrouvez l'allégresse*
> *Et le mal s'en ira !*

> *Ah ! la vie est belle...*

Bernard Rieux toussait à fendre l'âme, d'une mauvaise toux qui le secouait si fort qu'il avait peine à ne pas lâcher son ballon. Un air humidifié, à coup sûr, lui aurait fait plus de bien qu'un air entraînant, et les deux enfants furent tentés de courir lui chercher un verre d'eau à poser sur le radiateur, pendant que les volontaires noyaient ses quintes sous un couplet ou deux. Oui, mais leur aînée était en plus grand danger encore. Mieux valait rester au sein du groupe.

> *Ah, la vie est belle...*

La patiente suivante était Cynthia Vane, une jeune femme affligée d'une affreuse rage de dents, qui aurait sans doute préféré une purée ou une bonne compote à un ballon en forme de cœur. Mais malgré son air pitoyable, les deux enfants n'osèrent pas aller lui en chercher. Et si elle avait lu *Le petit pointilleux* pour tuer le temps ? Non, mieux valait ne pas montrer le bout de leur nez.

> *Chers amis, chantons, rions !*
> *Ah, la vie est belle,*
> *Prenez un ballon !*

Et la tournée se poursuivit au pas de charge, et Klaus et Prunille suivirent le mouvement du même pas. Mais à chaque la vie est belle et à chaque chantons, rions ! ils se sentaient le cœur un peu plus lourd, le moral un peu plus bas.

Ils suivirent le mouvement des heures durant, à travers toute la clinique, du rez-de-chaussée au dernier étage, de l'escalier A à l'escalier Z ; ils virent des centaines de portes, des centaines de haut-parleurs, des centaines de plans à perdre le nord et des centaines de patients, mais ils ne virent pas trace de leur sœur.

Dans la chambre 201, ils chantèrent pour Jonah Mapple, qui souffrait d'un affreux mal de mer ; dans la 714, ils donnèrent un ballon à Charley Anderson, qui s'était blessé dans un accident ; dans la 1308, ils virent Clarissa Dalloway, qui ne semblait souffrir de rien mais regardait fixement par la fenêtre. Hélas, nulle part, dans aucune chambre, ils ne trouvèrent Violette Baudelaire, qu'il savaient pourtant plus en danger que tous les autres patients réunis.

— Céyoun, glissa Prunille à son frère, tandis que la troupe s'engageait dans un nouveau couloir. Autrement dit : « Nous avons parcouru des kilomètres, mais, pour ce qui est de secourir Violette, nous n'avons pas avancé d'un pouce. »

— C'est vrai, admit Klaus, mais les volontaires de la troupe ont dit qu'ils passaient absolument partout. On finira bien par tomber sur elle.

— Votre attention, s'il vous plaît ! annonça l'interphone à cet instant, et toute la troupe, faisant silence, se réunit sous le haut-parleur le plus proche afin d'écouter Mattathias.

— Votre attention s'il vous plaît ! Aujourd'hui est un grand jour dans l'histoire de la clinique Heimlich. Dans une heure très précisément, l'un de nos plus grands chirurgiens va accomplir une opération remarquable, la première cervicalectomie au monde sur une enfant de quatorze ans. Nous espérons que cette opération, très délicate et très risquée, sera un succès complet. Terminé.

— Violette, murmura Prunille à son frère.

— J'en ai peur. Et je n'aime pas du tout cette

idée. Cervicalo-, je ne sais pas ce que ça veut dire, peut-être une histoire de cou, un truc aux «vertèbres cervicales». Mais -ectomie, en chirurgie, ça signifie: «retrancher en coupant».

— Décap? souffla Prunille, les yeux immenses. En d'autres mots: «Ils vont lui couper la tête, tu crois?»

— Je n'en sais rien, avoua Klaus avec un frisson. Mais plus question de la chercher au hasard en chantant. Il faut absolument la retrouver tout de suite.

— Bien, annonça un volontaire, consultant sa liste. Patiente suivante: Emma Bovary, chambre 2611. Dépression et empoisonnement, elle a donc particulièrement besoin d'entrain.

— Euh, pardon, frère, lui dit Klaus, surmontant sa répulsion à employer le mot «frère» au lieu de «cher monsieur que je connais à peine». Je voulais vous demander... Vous pourriez me prêter votre liste de patients, s'il vous plaît?

— Volontiers, petit frère. Tous ces noms de malheureux me dépriment. J'aime autant tenir un ballon.

Et, avec un bon sourire, il tendit le document à Klaus, en échange du cœur à l'hélium. Mais déjà le barbu entonnait:

*Que vous ayez la grippe,* ⎫ (bis)
*La varicelle ou pire!* ⎭

*Nous vous rendons visite*
*Et vous rendons l'sourire !*

*Ah ! La vie est belle...*

La vie était belle, peut-être, mais la liste des patients fort longue, comme Klaus le constata au premier coup d'œil, dissimulé de son mieux derrière le ballon de Prunille.

— Bon sang ! lui souffla-t-il, il reste des centaines de noms, sur cette liste. Et ils sont classés par service, pas par ordre alphabétique. Impossible de lire ça en marchant, surtout cachés à deux derrière un seul ballon.

— Damadjat, suggéra Prunille, indiquant le bas du couloir.

Damadjat signifiait, en gros : « Filons nous cacher dans la réserve, là-bas. » Et en effet, au fond du couloir, une porte indiquait : RÉSERVE, juste derrière deux médecins qui s'offraient un brin de causette.

Laissant la troupe gagner la chambre d'Emma Bovary en chantant, Klaus et Prunille se faufilèrent en direction de la porte indiquée, derrière le cœur en bouclier. Par chance, les deux médecins étaient trop occupés à discuter du dernier match de football pour noter que deux assassins présumés leur passaient sous le nez en catimini. Le temps pour les volontaires de clamer : « Prenez un ballon ! » et nos héros s'étaient faufilés derrière la porte.

Pas plus qu'un bourdon de cathédrale, un panier à linge ou une cuve de chocolat fondu, une réserve à fournitures n'est une cachette tout confort, et celle-ci ne faisait pas exception. Sitôt la porte refermée, les deux enfants se retrouvèrent dans un espace exigu, chichement éclairé d'une ampoule pâlotte au plafond. Sur un mur, une rangée de blouses blanches pendaient à des patères rouillées, face à un lavabo douteux. Le reste du cagibi hébergeait un lot de grosses boîtes de conserve – contenant, à en croire les étiquettes, de la soupe à l'alphabet sans doute destinée aux patients – ainsi que des boîtes en carton, plus petites, apparemment remplies d'élastiques à la destination inconnue.

— Bon, murmura Klaus, on ne peut pas dire que ce soit un palace, mais au moins c'est une cachette. Pas grand danger qu'on vienne nous dénicher ici.

— Pesh, commenta Prunille ; c'est-à-dire : « Sauf si quelqu'un a besoin d'élastiques, de soupe à l'alphabet, d'une blouse blanche ou de mains propres. »

— Exact, reconnut Klaus. Gardons un œil sur la porte, au cas où, et voyons cette liste. Elle est longue, d'accord, mais maintenant qu'on a la paix, parions qu'on aura vite fait d'y retrouver Violette.

Il posa la liasse sur une boîte de soupe et tous deux entreprirent de la scanner des yeux, feuillet après feuillet. Comme l'avait noté Klaus, la liste n'était pas alphabétique. Les patients étaient classés par services, si bien qu'il fallait passer toutes les pages au crible, à la recherche de Violette Baudelaire, qui devait se trouver quelque part sur l'un de ces feuillets. Mais les enfants eurent beau étudier la liste service par service, d'Allergies à Zonas en passant par Tours de reins et Nez cassés, ils eurent bientôt l'impression d'être bons pour le service Moral à zéro, parce que le nom de Violette n'était nulle part en vue.

Page après page, dans la lumière blafarde, ils épluchèrent avec fièvre les noms alignés sur ces listes, mais ne trouvèrent ni celui de leur aînée, ni rien qui pût les mettre sur une piste.

— Elle n'y est pas, soupira Klaus, refermant la liasse sur Fièvres quartes. Elle n'est nulle part. Et comment la retrouver sans savoir au moins dans quel service chercher ?

— Alias, suggéra Prunille ; autrement dit : « Elle est peut-être inscrite sous un faux nom ? »

— Bien sûr ! dit Klaus, reprenant la liste. Après tout, Mattathias, c'est bêtement le comte Olaf. Il peut très bien avoir changé le nom de Violette pour mieux la cacher. Oui, mais... comment savoir ? Elle pourrait être n'importe qui, de Mikhaïl Bulgakov à Haruki Murakami ! Que faire ? Oooh non. C'est trop horrible. Quelque part dans cette clinique, un chirurgien s'apprête à réaliser sur notre sœur une opération absolument inutile, et nous...

Un éclat de rire sarcastique l'interrompit. Au-dessus de leurs têtes, un haut-parleur crachouillait.

— Votre attention, s'il vous plaît! lança Mattathias, reprenant son sérieux. Le D$^r$ MacFool est attendu d'urgence au service Chirurgie. Je répète : D$^r$ E. T. MacFool, veuillez vous présenter au service Chirurgie afin de vous préparer pour l'opération prévue.

— MacFool! répéta Prunille.

— Oui, moi aussi, ce nom me dit quelque chose... Attends! MacFool, mais oui! C'est le nom que s'était donné le chauve au long nez, tu sais bien, le complice d'Olaf, à la scierie Fleurbon-Laubaine!

— Tiofrek! s'étrangla Prunille; autrement dit: « Vite, Violette est en grand danger, il faut la retrouver tout de suite ! »

Mais Klaus clignait des yeux derrière ses lunettes, comme lorsqu'il s'efforçait de se rappeler quelque chose.

— MacFool... E. T. MacFool...

Il plongea la main dans sa poche, celle où il conservait les papiers importants.

— E. T. MacFool, E. Flocamot, lut-il en défroissant un feuillet des carnets Beauxdraps.

Prunille allongea le cou pour voir. Sur ce papier était griffonné aussi ANA GRAMME, l'étrange nom dont les trois enfants n'avaient su que penser, lorsqu'ils avaient examiné ces pages rescapées.

Klaus examina un instant le bout de papier, puis la liste des patients, puis à nouveau le bout de papier. Alors il se tourna vers Prunille, et elle vit ses yeux s'écarquiller derrière ses lunettes, comme toujours lorsqu'il commençait à comprendre.

— Ça y est, dit-il enfin. Je crois que je sais comment trouver Violette. Mais il va falloir se servir de tes dents, Prunille.

— Prett, déclara Prunille, ouvrant grand la bouche.

Son frère désigna le stock de soupe en conserve.

— S'il te plaît... Ouvre vite une de ces boîtes de soupe à l'alphabet. Ne te blesse pas, mais... presto !

Chapitre
9

— Kessadir ? s'étonna Prunille ; c'est-à-dire : « Et pourquoi diable veux-tu de la soupe, tu ne crois pas qu'il y a plus urgent ? »

— Ce n'est pas pour manger, répondit Klaus, poussant une boîte sous le nez de sa sœur. De toute manière, on va jeter le plus gros dans le lavabo.

— Pietrisycamollaviadelrechiotemexity, dit Prunille ; ce qui signifiait, vous vous en souvenez : « Du diable si j'y comprends goutte. » C'était la troisième fois que Prunille prononçait ce mot rare, et elle commençait à se demander si celui-ci n'allait pas devenir le mot le plus courant de son vocabulaire.

— La dernière fois que tu as dit ça, lui rappela Klaus, les yeux brillants, on était tous trois à se casser la tête sur les papiers Beauxdraps. (Il brandit sous son nez le feuillet sur lequel était griffonné ANA GRAMME.) Tu te souviens ? Ce truc-là, on pensait que c'était le nom de quelqu'un. En réalité, c'est une sorte de code. Une anagramme, c'est quand on déplace les lettres d'un mot pour en former un autre – ou de plusieurs mots pour en former d'autres.

— Tjour pietrisycamollaviadelrechiotemexity, dit Prunille.

— Je vais te donner un exemple. Tu vois, E. T. MacFool et comte Olaf se composent exactement des mêmes lettres. Tu peux vérifier.

— Phromeïn, dit Prunille ; autrement dit : « Je veux bien te croire, mais moi, tu sais, déplacer les lettres dans ma tête... Je m'y perds un peu. »

— Moi aussi, je m'y perds, assura Klaus. Et c'est là que cette soupe à l'alphabet va nous être précieuse. Le comte Olaf se sert d'anagrammes quand ça l'arrange, pour cacher des choses. C'est ce qu'il a fait, j'en suis presque sûr, pour cacher Violette. Parions qu'elle est quelque part sur cette liste, avec les lettres de son nom mélangées. Les petites lettres de la soupe vont nous aider à les démêler.

— Macomé ? demanda Prunille.

— Les anagrammes, c'est plus facile à démêler avec des lettres à déplacer en vrai. L'idéal, ce serait des petits blocs de Scrabble ou des lettres en bois, comme quand j'étais petit, mais bon – des pâtes devraient faire l'affaire. Maintenant, ouvre vite cette boîte.

Prunille sourit de toutes ses dents. Elle n'en avait que quatre, mais elles étaient très, très tranchantes. Et elle les planta dans le fer-blanc, en se remémorant le jour où elle avait appris à ouvrir les boîtes de conserve.

Ce n'était pas un souvenir si ancien, et pourtant il semblait à Prunille qu'il était vieux d'un siècle, car il datait du temps où la famille Baudelaire était heureuse et au complet. C'était l'anniversaire de leur mère et les enfants, aidés de leur père, avaient voulu faire un gâteau pendant qu'elle paressait au lit. Violette avait battu les œufs et le sucre avec un batteur de son invention. Klaus avait tamisé la farine, s'arrêtant toutes les vingt secondes pour désenfariner ses lunettes. Leur père avait entrepris de préparer son fameux glaçage à la cannelle, afin d'en napper le gâteau achevé. Tout allait pour le mieux lorsque l'ouvre-boîte électrique était tombé en panne, et Violette n'avait pas trouvé les outils voulus pour le réparer. Or le célèbre glaçage paternel nécessitait absolument un demi-verre de lait condensé. Le gâteau d'anniversaire semblait irrémédiablement gâché – que vaut un gâteau sans glaçage ? –, mais c'est alors que Prunille, qui jouait tranquillement par terre, avait prononcé l'un de ses premiers mots.

«Gnac!» avait dit la petite et, joignant le geste à la parole, elle avait planté ses petites dents tranchantes dans le couvercle de la boîte, le perçant de trous menus par lesquels avait pu s'écouler le lait velouté. Tout le monde avait applaudi. La reine de la fête était apparue et Prunille avait rosi de fierté. À présent, tout en mordillant méthodiquement le pourtour de la boîte, la petite se demandait s'il était vrai que l'un de leurs parents avait pu échapper au sinistre, et si l'espoir était permis à cause d'une phrase, une unique phrase, sur la page treize du dossier Snicket. Elle se demandait si un jour viendrait où ils prépareraient un gâteau ensemble, riant et applaudissant face au résultat final.

— Ayê, dit-elle enfin.

— Bon boulot, approuva son frère. Maintenant, à la pêche aux lettres! Il nous faut toutes celles qui composent Violette Baudelaire.

— Vé? dit Prunille.

— Absolument. Et aussi I, O, L, E, deux T, E, B, A, U, D, E, L, A, I, R, E.

Sans perdre un instant, les deux enfants se lancèrent à la pêche dans la boîte de soupe, à la recherche des lettres voulues, qui flottaient avec leurs sœurs de l'alphabet en compagnie de floppées de légumes en dés – carottes, navets, céleri, poivrons, pommes de terre – dans un océan de bouillon froid mais crémeux, aromatisé d'un savant mélange d'herbes et d'épices. Après des mois de stockage dans cette réserve froide, le tout était un peu figé, si bien que les lettres désirées avaient fortement tendance, lorsqu'on tentait de les attraper, à glisser entre les doigts ou à s'écraser en bouillie. Malgré quoi les enfants ne tardèrent pas à avoir réuni un V, un I, un O, un L, un E, deux T, un autre E, un B, un A, un U, un D, un troisième E, un L, un deuxième A, un deuxième I, un R, plus un petit bout de carotte dont ils décidèrent de faire le quatrième E, faute d'en avoir pêché un vrai.

— Bon, et maintenant, dit Klaus en étalant ces lettres sur le couvercle d'une boîte voisine, reprenons la liste des patients. Mattathias a dit : service Chirurgie. Regardons les noms en Chirurgie, et voyons ceux qui pourraient être l'anagramme du nom de Violette.

Prunille jeta dans le lavabo le restant de soupe tandis que son frère se penchait sur la liste.

LISA N. LOOTNDAY
ALBERTE DEVILOTEIA
LINDA RHALDEEN
ADA O. ÜBERVILLETTE
TED VALIANTBRUE
LAURE-ODILE ETABIVET
MONTY KENSICLE
NED H. RIRGER

ERIQ BLEUTHETTS
RUTH DERCROUMP
AL BRISNOW
CARRIE E. ABELABUDITE

— Misère! gémit-il. Tous ces noms ressemblent à des anagrammes. Comment nous y retrouver avant qu'il ne soit trop tard?
— Vé? suggéra Prunille.
— Bien sûr! On peut déjà éliminer tous les noms sans V. Dommage qu'on n'ait pas de crayon.
Alors Prunille, pensive, tira sur l'une des blouses accrochées aux patères. Que pouvait bien avoir dans ses poches un médecin ou une infirmière?
La réponse ne se fit pas attendre. Ses petites mains pêchèrent d'abord un masque chirurgical – parfait pour se couvrir le visage. Puis une paire de gants en latex – parfaits pour se couvrir les mains. Et enfin un stylo-bille – parfait pour rayer des noms quand on déchiffre une anagramme. Avec un sourire de triomphe, elle le tendit à son frère, qui biffa les noms inutiles.
Cela fait, la liste se présentait ainsi:

~~LISA N. LOOTNDAY~~
ALBERTE DEVILOTEIA
~~LINDA RHALDEEN~~
ADA O. ÜBERVILLETTE

TED VALIANTBRUE

LAURE-ODILE ETABIVET

~~MONTY KENSICLE~~

~~NED H. RIRGER~~

~~ERIQ BLEUTHETTS~~

~~RUTH DERCROUMP~~

~~AL BRISNOW~~

~~CARRIE E. ABELABUDITE~~

— Voilà qui est déjà mieux, dit-il. Maintenant, avec nos petites lettres, voyons si nous pouvons écrire *Alberte Deviloteia*.

D'un doigt précautionneux, afin de ne pas déchirer les précieuses pâtes, Klaus fit un essai et s'aperçut bientôt qu'Alberte Deviloteia n'était pas une anagramme de Violette Baudelaire : un U restait sans emploi.

— Cette pauvre Alberte doit être une vraie patiente, soupira-t-il, déçu. Voyons Ada O. Übervillette.

Il réitéra la manœuvre, et le crissement mouillé des pâtes sur le fer-blanc évoquait une bête visqueuse émergeant d'un marécage. C'était un son assez peu plaisant, et pourtant bien davantage que celui qui interrompit la séance.

— Votre attention, s'il vous plaît ! dit une voix plus diabolique que jamais. Le service Chirurgie va fermer dans quelques instants, en vue de la grande première annoncée. Seuls le D$^r$ MacFool et ses assistants seront désormais autorisés à y pénétrer, jusqu'à ce que la patiente soit... euh, jusqu'à la fin de l'opération. Terminé.

— Vélociti ! cria Prunille de sa petite voix aiguë.

— Je fais ce que je peux, protesta Klaus. Ada O. Übervillette non plus ne marche pas !

Il reprit la liste et, dans sa hâte, balaya du coude l'une des pâtes, qui atterrit sur le carrelage avec un petit splotch ! navrant. Prunille s'empressa de la ramasser, mais la chute avait brisé la lettre ; au lieu d'un O, les deux enfants se retrouvaient avec une paire de parenthèses.

— Pas grave, dit Klaus. Le nom suivant, c'est Ted Valiantbrue ; il n'y a pas de O, de toute façon.

— O ! fit Prunille.

— Oui, O, dit Klaus.

— O ! s'entêta Prunille.

— Oh ! s'écria Klaus. Je vois ce que tu veux dire : pas de O, donc ça n'est pas une anagramme de Violette Baudelaire. Il ne reste qu'un nom, Laure-Odile Etabivet. C'est forcément le bon.

— Vériff ! fit Prunille, et elle retint son souffle tandis que son frère faisait valser les lettres.

Cinq secondes plus tard, le nom de leur aînée s'était changé en Laure-Odile Etabivet – moins le O, dont Prunille tenait toujours les deux morceaux dans sa paume, et moins le quatrième E, qui n'était toujours qu'un bout de carotte.

— C'est elle, murmura Klaus, hésitant entre triomphe et atterrement. C'est Violette.

— Askiou, dit Prunille ; qui entendait par là : « Bravo. C'est toi qui as démêlé cette histoire d'anagrammes. »

— Oh ! en vérité ce sont les Beauxdraps, rectifia Klaus, modeste. Et c'est toi qui as ouvert la boîte de soupe. Mais trêve de congratulations ! Allons plutôt délivrer Violette. (Il consulta la liste.) En principe, Laure-Odile Etabivet est dans la chambre 922 du service Chirurgie.

— Gouito, rappela Prunille ; c'est-à-dire : « Mais Mattathias a fait fermer le service Chirurgie. »

— Il va pourtant falloir y entrer, dit Klaus d'un ton sombre, parcourant la pièce du regard. Je sais : enfilons ces blouses blanches. Peut-être qu'on nous prendra pour des médecins ? Oh, et ces masques de chirurgien seront parfaits pour nous cacher – comme le faux MacFool, à la scierie.

— Bôdra, fit Prunille, sceptique ; en d'autres mots : « Le jour où Isadora et Duncan se sont déguisés, Olaf ne s'y est pas laissé prendre. »

— C'est vrai, mais en revanche, quand Olaf se déguise, tout le monde s'y laisse prendre. Alors...

— Nou, lui rappela Prunille.

— Bon, d'accord, sauf nous. Mais ce n'est pas nous que nous voulons berner.

— Xa, reconnut Prunille, et elle tira sur une blouse blanche pour la décrocher.

Les médecins étant d'ordinaire des humains de taille adulte, les blouses blanches étaient bien trop grandes pour les deux enfants. Un instant, ils crurent revivre ce jour où Esmé leur avait acheté des costumes rayés dans lesquels ils flottaient littéralement. Mais Klaus aida Prunille à rouler les manches de sa blouse, Prunille aida Klaus à nouer son masque de chirurgien, et en un clin d'œil, tous deux furent fin prêts.

— On y va, dit Klaus.

Il posa la main sur la poignée de la porte mais n'ouvrit pas. Il se tourna vers sa petite sœur, et chacun d'eux inspecta l'autre de la tête aux pieds.

Les deux jeunes Baudelaire avaient beau être en blouse blanche avec des masques de chirurgien sur le nez, ils ne ressemblaient guère à des médecins. Ils ressemblaient à deux enfants en blouse blanche, avec des masques de chirurgien sur le nez. Leur déguisement était grotesque, abracadabrantesque, invraisemblable – mot qui signifie ici : « sans aucune chance de les faire passer pour de vrais médecins ». Mais après tout, le comte Olaf aussi avait enfilé des déguisements invraisemblables, et il avait trompé son monde, jusqu'ici !

Forts de cette pensée, les deux enfants respirèrent un grand coup et sortirent de la réserve, prêts à voler au secours de leur aînée.

— Vahou ? s'enquit Prunille ; autrement dit : « Mais comment trouver le service Chirurgie, avec tous ces plans à perdre le nord ? »

— Il va falloir trouver quelqu'un qui va là-bas, résolut Klaus. Cherchons qui pourrait être en route pour le service Chirurgie.

— Silata ! répliqua Prunille ; signifiant par là : « Mais il y a tant de monde partout ! »

Et c'était vrai. Une clinique, pour fonctionner, a besoin d'une foule de gens, chacun avec sa spécialité, son matériel, ses instruments, et tout ce monde circulait sans trêve le long des couloirs et d'un étage à l'autre. Il y avait là des généralistes armés de stéthoscopes, pressés d'aller faire tirer la langue aux patients ; des radiologues armés d'appareils bizarres, pressés d'aller leur inspecter les entrailles ; des ophtalmologistes armés d'instruments non moins bizarres, pressés d'aller les regarder dans les yeux ; des infirmières armées de seringues, pressées d'aller leur faire des piqûres ; et des administrateurs armés de stylos, pressés d'aller remplir des papiers. Mais les enfants eurent beau chercher des yeux, ils ne virent personne qui semblait se hâter en direction du service Chirurgie.

— Tu vois quelque chose qui ressemble à un chirurgien, toi ? murmura Klaus au désespoir.

— Pépix, affirma Prunille ; c'est-à-dire : « Pas l'ombre d'un. »

— Écartez-vous ! lança une voix aigre au fond du couloir. Laissez-moi passer, laissez-moi passer ! Je suis assistante en chirurgie, j'apporte du matériel pour le D$^r$ E. T. MacFool !

Un peu saisi, chacun s'effaçait pour laisser le passage à l'arrivante, une grande femme en blouse blanche, avec un masque chirurgical sur le nez et une démarche un peu chancelante.

— Écartez-vous, écartez-vous ! lança cette personne aux enfants sans leur accorder un regard. On m'attend au service Chirurgie !

Klaus et Prunille, en revanche, accordèrent un regard à cette personne. La première chose qu'ils virent, sous l'ourlet de la blouse blanche, fut une paire de talons aiguilles, très hauts et très, très pointus ; la seconde fut un sac à main en forme d'œil au bout de longs doigts griffus ; la troisième fut un chapeau dont la voilette pendouillait au ras du masque chirurgical, et la quatrième, un soupçon de rouge à lèvres qui avait traversé le bas du masque.

Cette personne n'était, bien sûr, pas plus assistante en chirurgie que je ne suis un archevêque. Et le matériel chirurgical qu'elle prétendait transporter complétait son accoutrement. Les enfants n'eurent pas besoin d'un second regard, ni d'un troisième, pour voir clair sous ce déguisement invraisemblable : la personne n'était autre qu'Esmé d'Eschemizerre ; et l'instrument qu'elle tenait à la main n'était autre qu'un couteau rouillé, un vieux couteau à lame ébréchée.

# CHAPITRE
## 10

Avant de poursuivre ce récit insoutenable, je dois m'interrompre un instant pour vous narrer ce que fit un jour l'un de mes excellents amis, un certain M. Sirin.

M. Sirin était lépidoptériste, terme qui signifie d'ordinaire : « spécialiste des papillons ». Dans le cas de mon ami, ce mot signifiait surtout : « honnête citoyen pris en chasse par des fonctionnaires de l'Administration furibonds », et ce soir-là, le soir où commence mon histoire, les fonctionnaires en question – d'un pays dont j'oublie le nom – le talonnaient vraiment de très près. De si près, même, qu'à un moment donné, lorsqu'il regarda par-dessus son épaule, M. Sirin les vit juste derrière lui : quatre messieurs en uniforme rose vif, avec chacun une lampe de poche dans une main et un grand filet dans l'autre. Alors il comprit. Dans une seconde ou deux, ils allaient l'arrêter, et arrêter avec lui ses six papillons favoris, qui voletaient à ses côtés à grands battements d'ailes.

Mon ami ne craignait pas l'arrestation : au cours de sa vie – longue et compliquée –, il avait déjà été arrêté quatre fois et demie. En revanche, il se tracassait pour ses papillons. Il se rendait bien compte que ses compagnons ailés, délicats par nature, risquaient de ne pas faire de vieux os en prison, face à la brutalité d'araignées venimeuses, de frelons agressifs et autres dangereux codétenus. Aussi, juste avant l'assaut de la police secrète, M. Sirin ne fit ni une ni deux. Il ouvrit tout grand la bouche et goba ses six papillons, leur accordant l'asile au creux de son estomac.

Sans doute n'est-il guère confortable d'héberger dans ses entrailles six grands papillons guillerets, et pourtant M. Sirin leur octroya l'hospitalité trois années durant, attentif à n'avaler, au menu de la prison, que les potages les plus légers, de peur d'écraser l'un de ses hôtes sous un fleuron de brocoli ou un morceau de pomme de terre bouillie. Sa peine de prison purgée, mon ami régurgita ses six gracieux compagnons, puis il reprit ses travaux en lépidoptérologie avancée, mais dans un pays plus clément pour la recherche scientifique.

Si je vous rapporte cette histoire, ce n'est pas seulement pour souligner le courage et l'inventivité de l'un de mes plus chers amis. C'est pour que vous vous fassiez une idée de ce qu'éprouvèrent Klaus et Prunille à la vue d'Esmé d'Eschemizerre déguisée en assistante médicale et armée d'un couteau rouillé. Tous deux savaient que leur unique chance de trouver le service Chirurgie était d'essayer de berner cette sinistre créature. Mais, tout comme M. Sirin durant sa peine de prison, chacun d'eux eut l'impression d'avoir avalé vivants au moins cinq ou six papillons.

— Euh, pardon Madame... coassa Klaus, s'efforçant de ressembler à un jeune interne de la clinique plutôt qu'à un gamin de treize ans empêtré dans une blouse blanche. Vous avez bien dit que vous étiez assistante du D$^r$ MacFool ?

— Si vous avez des problèmes d'oreilles, répondit gracieusement Esmé, ce n'est pas à moi qu'il faut s'adresser. Allez au service Oreilles bouchées.

— Je n'ai pas de problèmes d'oreilles, bredouilla Klaus. Mais cette dame et moi, justement, nous sommes euh... des assistants du D$^r$ MacFool.

Esmé s'arrêta un instant, un talon planté dans le sol, pour toiser les deux enfants. Derrière sa voilette, ses yeux se mirent à luire.

— Ah ! c'est vous ? Je me demandais ce que vous fabriquiez, vous deux. Suivez-moi, que je vous emmène à notre patiente.

— Pasty, dit Prunille.

— Elle veut dire, s'empressa de traduire Klaus, que nous nous faisons beaucoup de souci pour Laure-Odile Etabivet.

— Allons, vous n'aurez plus à vous en faire long-temps, gloussa Esmé, obliquant vers l'escalier suivant. Tenez, prenez donc cet accessoire.

Klaus saisit le couteau qu'elle lui tendait et elle ajouta à voix basse :

— Bien contente de vous voir. On n'a toujours pas capturé les petites vermines, là, le frère et la sœur de la chipie, et pas mis la main non plus sur le dossier Snicket. Les officiels l'ont saisi pour enquête. D'après le patron, il va peut-être falloir faire flamber l'endroit.

— Flam ? murmura Prunille.

— Oh ! c'est Mattathias qui s'en chargera, reprit Esmé plus bas encore, après un coup d'œil circulaire. Vous, on vous demande juste un coup de main pour l'opération, c'est tout. Allons-y !

Et elle se lança à l'assaut des marches, aussi vivement que le lui permettaient ses talons loufoques.

Les enfants suivirent, les jambes molles. Klaus serrait dans sa main moite le manche du couteau

rouillé. Le jeter ? La tentation était grande. Mais...
non. Non, il n'avait rien à y gagner.

Tout au long du chemin, de couloir en couloir,
d'escalier en escalier, les deux enfants tremblèrent ;
assurément, d'une seconde à l'autre, Esmé allait les
reconnaître sous leur déguisement invraisemblable.
Mais la sinistre créature était bien trop occupée à
extraire ses talons du parquet pour noter que ses
deux escortes présentaient une étrange ressemblan-
ce avec les petites vermines recherchées.

Ils parvinrent enfin au service Chirurgie. Devant
l'entrée se tenait une personne vêtue d'une sorte
d'uniforme sur lequel on pouvait lire : Clinique Heimlich, Sécurité, mais Klaus et Prunille ne s'y trom-
pèrent pas une seconde. C'était un déguisement
invraisemblable, un de plus. Cette personne, ils
l'avaient vue à Port-Damoclès le jour de la disparition de cette pauvre tante Agrippine. Cette personne, ils avaient cuisiné pour elle chez le comte Olaf.
C'était la personne monumentale qui ne semblait ni
homme ni femme, fidèle complice du comte depuis
les débuts de leurs misères. La montagne vivante
regarda les enfants et les enfants la regardèrent,
persuadés d'être déjà démasqués. Mais la montagne
ne broncha pas. Elle hocha la tête et ouvrit grand
la porte.

— Ils l'ont déjà endormie, chuchota Esmé. Votre
rôle à vous, Mesdames, se résume à aller chercher

la jeune fille dans sa chambre et à l'amener en salle d'opération. Moi, je retourne faire la chasse aux deux autres – le rat de bibliothèque et la mouflette aux dents de castor. Mattathias a dit que c'est moi qui choisirai ; à moi de décider lequel garder en vie pour obliger ce vieux Poe à nous céder le magot, et lequel débiter en morceaux.

— Bonne chasse ! lui souhaita Klaus, l'air féroce. Parce que moi, franchement, ces galopins, j'en ai jusque-là de leur courir après.

— Et moi, donc ! renchérit Esmé – et l'énorme agent de sécurité approuva vigoureusement. Mais ce coup-ci sera le bon. Une fois le dossier détruit, plus personne ne pourra nous accuser de rien. Et une fois les orphelins liquidés, à nous leur petit héritage !

La scélérate se tut, s'assura que nul ne risquait de l'entendre, puis elle éclata d'un rire sardonique. La montagne éclata de rire aussi, d'un rire qui tenait du hululement de la chouette et du cri du cochon qu'on égorge. Alors Klaus et Prunille, renversant la tête en arrière, produisirent des sons censés être des rires – quoique à peu près aussi invraisemblables que leurs déguisements.

En réalité, les deux enfants avaient surtout la nausée. Décidément, les complices d'Olaf étaient immondes, et plus encore dans la bonne humeur que renfrognés. Du coup, ce fut un soulagement de voir Esmé reprendre son sérieux et les pousser tous deux, d'une main ferme, à l'intérieur du service.

— Mesdames, annonça-t-elle, je vous laisse aux bons soins de nos associés.

Le sang des enfants se glaça. Deux des sbires d'Olaf étaient là, à attendre.

— Ah ! vous voilà, grommela le premier.

Mais les enfants l'entendirent à peine. Un détail les hypnotisait : chacune de ses mains gantées de latex avait un doigt incurvé de façon suspecte, et les autres doigts pendaient mollement, telles des chaussettes sur une corde à linge.

L'homme aux crochets ! ils le reconnurent en un éclair, nullement trompés par les gants qui masquaient ses féroces appendices.

Les mains de son confrère n'avaient rien de spécial, mais la perruque hideuse arrimée sur son crâne, pareille à une platée de spaghettis trop cuits, était de ces détails que l'on n'oublie jamais. Ni Klaus ni Prunille, en tout cas, n'avaient oublié le contre-maître de la scierie Fleurbon-Laubaine, autrement dit le chauve au long nez qui secondait le comte Olaf dans ses entreprises maléfiques.

De toute la troupe d'Olaf, ces deux-là comptaient parmi les plus odieux ; mais contrairement à tant de gens odieux, ils n'étaient pas complètement bornés. À leur vue, Klaus et Prunille sentirent leurs papillons s'agiter de façon exponentielle (expression au sens

très précis pour les mathématiciens, mais qui signifie ici, simplement: «de plus en plus, et de plus en
plus plus plus, et de plus en plus plus plus plus plus
plus»). Et si les deux compères les reconnaissaient,
sous leur déguisement invraisemblable?

— Aha! fit l'homme aux crochets, plaçant sur
l'épaule de Klaus une main gantée-crochue. Je vous
reconnais, vous deux, sous vos fringues!

— Moi aussi, renchérit le chauve au long nez.
Mais rassurez-vous, y aura bien que nous pour vous
reconnaître. Il faudra quand même que vous m'ex-
pliquiez comment vous avez fait pour avoir l'air si
petites, sous vos blouses.

— Et pour avoir le teint moins pâle, aussi, sous
vos masques. Chapeau, le patron. Ces blouses blanches sont le meilleur déguisement qu'Ol... je veux
dire Mattathias nous ait concocté jusqu'ici.

Klaus s'éclaircit la voix pour mieux la contre-
faire.

— Assez jasé, dit-il. Filons plutôt à la chambre 922.

— Très juste, dit l'homme aux crochets. Suivez-
nous.

Les deux crapules ouvrirent la voie à grandes
enjambées et les enfants échangèrent un regard
soulagé.

— Gouif, chuchota Prunille très bas, signifiant:
«Eux non plus ne nous reconnaissent pas.»

— Non, souffla Klaus. Ils nous prennent pour les deux dames poudrées, tu te souviens ? Dégui...

Par-dessus l'épaule, le chauve leur lança :

— Cessez de jacasser, les pipelettes ! Si quelqu'un vous entend, les carottes sont cuites.

— Au lieu d'être cuites seulement pour cette pauvre petite Laure-Odile, ricana l'homme aux crochets. Si vous saviez depuis combien de temps je rêve de lui mettre le crochet dessus, à cette peste ! Depuis qu'elle a trouvé le moyen d'échapper au mariage avec Ol... Mattathias. Mais cette fois...

— Couic ! fit Prunille avec un gloussement douteux.

— Couic, pour sûr, gloussa le chauve. Je lui ai déjà fait avaler son anesthésique, ça l'a envoyée au pays des rêves. Reste plus qu'à l'amener en salle d'opération et à l'expédier chez les anges.

— Ce qu'il faudra qu'on m'explique, dit l'homme aux crochets, c'est pourquoi il faut faire ça devant tous ces docteurs.

— Pour que ça ait l'air d'un accident, idiot, gronda le chauve.

— Je suis pas un idiot, gronda l'homme aux crochets. Je suis un handicapé physique.

— Et alors ? Être un handicapé physique ne signifie pas que tu es un génie.

— Et toi, avoir une perruque sur le crâne ne t'autorise pas à m'insulter.

— STOP ! coupa Klaus. Plus vite on aura opéré la petite peste, plus vite on pourra se partager le magot.

— Tune ! approuva Prunille.

Les malfrats prirent un air penaud.

— Pas faux, reconnut l'homme aux crochets. Restons professionnels. Même si le boulot est stressant, faut bien dire les choses comme elles sont.

— Stressant, ça oui, approuva le chauve. Moi, ces orphelins, des fois, j'ai l'impression que ça fait des années qu'on leur court après, et qu'ils finissent toujours pas nous filer entre les pattes. Bon, maintenant, au boulot ! Assez parlé de nos problèmes.

Ils arrivaient au fond d'un couloir, face à la porte 922. Sur un bout de papier collé là était griffonné un nom : Laure-Odile Etabivet. L'homme aux crochets tira une clé de sa blouse blanche et la glissa dans la serrure en glapissant :

— Elle est ici, notre petite Belle au bois dormant.

C'était une chambre carrée, obscurcie par d'épais rideaux. Dans le peu de jour qui tombait de la porte, les deux enfants aperçurent leur sœur et se retinrent de pousser un cri.

Je parie que la Belle au bois dormant est un conte de fées que vous connaissez par cœur. Comme tous les contes, il commence par « Il était une fois » et enchaîne sur l'histoire d'une princesse peu dégourdie qui s'attire les foudres d'une sorcière, puis dort comme une marmotte jusqu'au jour où un beau garçon vient l'éveiller d'un baiser, après quoi cet écervelé tient absolument à l'épouser, et le conte s'achève sur ces mots : « Ils furent heureux et ils eurent beaucoup d'enfants. » Sur les illustrations, la princesse endormie est toujours très élégante, impeccablement coiffée et vêtue de ses plus beaux atours pour ronfler d'un siècle au suivant.

Malgré les dires de l'homme aux crochets, le spectacle de la chambre 922 n'évoquait rien d'un conte de fées.

Violette gisait sur un chariot d'hôpital, un de ces lits roulants conçus pour véhiculer les patients. Ledit chariot était aussi rouillé que le couteau que tenait Klaus, et un pan de drap sale pendouillait, déchiré. On avait empaqueté Violette dans une chemise de nuit d'un blanc aussi douteux que celui de ses draps, et ses jambes étaient bizarrement entortillées l'une autour de l'autre, un peu à la manière de lianes. Sa chevelure en désordre lui masquait la moitié du visage – meilleur moyen d'éviter, sans doute, qu'un lecteur du *Petit pointilleux* ne la reconnaisse – et l'un de ses bras pendait, inerte, par-dessus le rebord du lit, ses doigts effleurant le plancher. Son teint était plus blafard qu'une lune d'octobre, et sa bouche s'entrouvrait en une légère grimace, comme si elle rêvait qu'on allait lui faire mal.

On l'aurait crue tombée sur ce lit depuis une hauteur vertigineuse et, sans le mouvement régulier de sa poitrine qui s'élevait et s'abaissait sans hâte, on aurait pu conclure que la chute avait été fatale.

Klaus et Prunille, pétrifiés, s'interdisaient de sangloter.

— Elle est bien jolie, faut dire les choses comme elles sont, persista l'homme aux crochets. Même inconsciente et tout.

— Oh! et futée, aussi, compléta le chauve. Sauf que cette fois, sa petite cervelle ne pourra rien pour elle, une fois qu'on aura fait le boulot.

— Bien. Direction: salle d'opération, reprit l'homme aux crochets, orientant le chariot vers la porte. D'après Mattathias, les effets de l'anesthésique ne dureront pas des heures, donc on ferait bien d'activer la manœuvre.

— Bah! pouffa le chauve. Quand même elle se réveillerait au beau milieu de l'opération, moi, j'aurais rien contre. Mais bon, ça ferait tout échouer, j'imagine. Vous deux, Mesdames, vous vous mettez du côté de la tête. Moi, je préfère les pieds, j'aime pas lui voir cet air grognon.

— Et n'oubliez pas le couteau, hein? rappela l'homme aux crochets. Le toubib MacFool et moi, on ne fait que superviser! L'opération ratée, c'est votre affaire à vous.

Les deux enfants approuvèrent en silence, de peur de laisser percer leur angoisse. Sans un mot, ils se placèrent de part et d'autre du chariot, près de la tête de leur aînée. Ils auraient voulu lui presser l'épaule, la secouer doucement, lui chuchoter quelque chose ou simplement lui dégager le front – elle qui détestait tant avoir ses cheveux dans les yeux ! Pour la réconforter un peu, ils auraient fait n'importe quoi. Mais ce n'était pas le moment de faire n'importe quoi, surtout pas. Le moindre geste attentionné risquait de les trahir.

Ils escortèrent le chariot sans mot dire, tout le long des couloirs du service Chirurgie. Les yeux sur leur sœur inanimée, ils guettaient un signe d'éveil, un indice laissant à penser que les effets de l'anesthésique commençaient à se dissiper. Mais le visage de Violette restait aussi blanc et figé que le papier sur lequel je rédige ce récit.

Le génie inventif de Violette avait beau être son point fort, l'homme aux crochets n'avait pas menti : l'aînée des Baudelaire était bien jolie. Et, si ses cheveux avaient reçu un coup de peigne au lieu d'être épars sur l'oreiller, si elle avait porté une jolie robe au lieu d'une vilaine chemise de nuit, elle aurait en effet pu ressembler à la Belle au bois dormant. Pourtant, aucun de ses cadets ne se sentait dans un conte de fées. Leurs désastreuses aventures n'avaient pas commencé par « Il était une fois » mais par un terrible incendie qui avait dévasté leur vie. Et, tout en suivant, le cœur serré, les deux sbires du comte Olaf, les deux enfants redoutaient fort que leur histoire ne s'achève pas non plus comme un conte de fées.

# CHAPITRE
## 11

Même si quatre lettres seulement les séparent, une salle
d'opération n'a pas grand-chose
à voir avec une salle d'opéra.

Les différences sautent aux
yeux. Une salle d'opéra est une
salle de théâtre : grande, sombre, dotée de fauteuils rem-
bourrés, avec une vaste scène
sur laquelle des gens costumés
roucoulent à l'envi, souvent de
façon plutôt agréable – même
s'ils prononcent si mal, d'ordinaire, qu'on ne saisit pas un
traître mot de ce qu'ils disent.
Une salle d'opération, en principe, est une pièce nettement

moins vaste mais nettement mieux éclairée. En principe, personne n'y chante et personne, toujours en principe, ne vient s'asseoir sur des gradins afin de savourer le spectacle.

En un mot comme en cent, une salle d'opération n'est pas une salle de théâtre. Du moins en principe, car les hôpitaux de jadis ont longtemps comporté une salle d'opération précisément nommée « amphithéâtre », et pourvue de gradins sur lesquels venaient s'asseoir les observateurs intéressés par le spectacle de la chirurgie en direct – chirurgiens en formation ou amateurs de sensations fortes.

C'était il y a longtemps, bien sûr. Aujourd'hui, des caméras permettent de suivre ce genre de spectacle sans introduire de microbes dans la salle d'opération. Mais je suis au regret de dire que la clinique Heimlich, bien qu'inachevée, comportait encore à l'époque un de ces amphithéâtres à l'ancienne. Et c'est en ce sinistre lieu que se retrouvèrent Klaus et Prunille lorsque, avec le chariot qui emportait leur sœur, ils franchirent la grande porte carrée sur les talons des hommes d'Olaf.

La salle était noire de monde (et « noire » est ici une façon de parler, car le blanc des blouses dominait). Il y avait là des rangées de médecins curieux d'assister à une opération inédite, et des grappes d'infirmières excitées – pensez donc ! une première mondiale. Il y avait là une poignée de volontaires,

prêts à entonner leur chant, sans parler de journalistes, calepin et stylo en main, et de gens qui semblaient être venus en curieux, sans même chercher
à savoir ce qui se jouait ce jour-là.

Le quatuor en blouse blanche poussa le chariot
au centre de la salle, jusque sous une lampe qui jeta
sa lumière sur Violette, inanimée. La salle applaudit
à grand bruit. Klaus et Prunille se firent tout petits
dans leurs blouses, la gorge nouée, mais les deux
complices d'Olaf se placèrent face au public et le
saluèrent avec force courbettes, en acteurs professionnels qu'ils étaient.

— Merci ! Merci infiniment ! lança l'homme aux
crochets à la foule. Bien chers amis – médecins, infirmières, volontaires, reporters, honorables invités
et simples individus –, bienvenue à vous en ce bel
amphithéâtre de la clinique Heimlich ! Je suis le
D$^r$ E. Flocamot, présentateur et animateur pour la
séance de la matinée.

— Bravo ! cria un médecin depuis les gradins, et
les applaudissements crépitèrent de plus belle.

L'homme aux crochets salua derechef.

Mais le chauve au long nez n'entendait pas être
en reste.

— Et moi, je suis le D$^r$ E. T. MacFool, inventeur
de la cervicalectomie, opération destinée à raccourcir les cous trop longs – malformation dont, visi-
blement, souffre l'enfant que vous voyez là. Je suis

très honoré de présenter cette première mondiale devant un public aussi distingué...

— Hourra ! lança une infirmière, et toute la salle, une fois de plus, éclata en applaudissements.

Klaus et Prunille, les yeux sur leur sœur, priaient le ciel pour que le tohu-bohu la réveille. Mais Violette ne bougea pas d'un orteil.

— Maintenant, poursuivit le chauve, permettez-moi de vous présenter mes deux associées, l'honorable D$^r$ Tecoma et Mme Flo, son infirmière. On les applaudit très fort !

Klaus et Prunille retinrent leur souffle. Assurément, dans la foule, quelqu'un allait se lever et crier : « Vous plaisantez ? Regardez-les mieux : ce sont ces petites crapules recherchées pour meurtre ! »

Mais il n'y eut que des hourras noyés sous les applaudissements, et les deux enfants, tant bien que mal, remercièrent le public d'un vague salut.

N'être pas reconnus était un soulagement, mais leurs angoisses ne s'apaisaient pas pour autant : l'heure de l'opération approchait, et l'excitation de la salle faisait encore monter la tension.

— Et maintenant, déclara l'homme aux crochets, que le spec... que l'opération commence ! D$^r$ MacFool, êtes-vous prêt ?

— Fin prêt. Mais tout d'abord, mesdames et messieurs, un mot d'explication sur ce qui va suivre. Comme vous le savez, la cervicalectomie est une opération par laquelle on raccourcit le cou du patient en lui retirant une vertèbre cervicale. En effet, il est bien connu qu'un cou trop long est la source de mille maux. Le trajet de l'information du corps au cerveau et vice versa est allongé d'autant, provoquant un ralentissement fort préjudiciable au patient.

Le chauve ménagea un silence. La salle était suspendue à ses lèvres et il reprit, solennel :

— Cela dit, retirer une vertèbre est une opération à haut risque. Il n'est nullement garanti que la jeune Laure-Odile Etabivet survive à cette intervention. Mais c'est la noble incertitude de la science, et l'on doit assumer ces risques.

— L'insuccès de cette opération serait un échec pour notre clinique, D$^r$ MacFool, rappela l'homme aux crochets.

— Assurément, D$^r$ Flocamot. C'est d'ailleurs pourquoi je suis ici, prêt à superviser les moindres gestes de mes associées. D$^r$ Tecoma et Mme Flo, vous pouvez commencer.

La foule applaudit une fois de plus, et les deux compères recommencèrent leurs courbettes.

Klaus se pencha vers Prunille.

— Qu'est-ce qu'on fait ?

Prunille regarda sa sœur inanimée, puis le couteau rouillé que son frère tenait à la main. Et elle souffla très bas :

— Lantern.

Autrement dit : « On lambine. On essaie de gagner du temps. Elle va bien finir par se réveiller. »

Klaus ferma les yeux, à la recherche d'une idée. Sûrement, un jour, il avait dû lire quelque chose...

Quand on dévore les livres, on engrange sans le savoir quantité d'information qui peut se révéler précieuse un jour. Par exemple, vous lisez un ouvrage sur les voyages interstellaires. Sauf erreur, pour le moment, c'est sans grand intérêt pratique ; mais qui sait si vous n'irez pas sur Sirius un jour, dans dix, vingt, quatre-vingt-dix ans ? Ou encore, vous lisez un traité sur la culture des ananas alors que vous vivez en Sibérie. Qui peut dire, avec le réchauffement de la planète, si vous n'aurez pas un jour un carré d'ananas au fond de votre jardin ? Cela dit, bien sûr, vous pouvez lire un manuel sur l'art d'être heureux en ménage, puis voir la femme que vous aimez en épouser un autre, et disparaître peu après lors d'un tragique après-midi... Mais je m'égare.

Bref. De tous les ouvrages que Klaus avait lus sur les voyages interstellaires, la culture des ananas et l'art d'être heureux en ménage, aucun ne lui avait été jusqu'alors d'une réelle utilité, mais d'autres souvenirs de lecture allaient lui rendre un fier service sans plus attendre.

Il respira un grand coup.

— Avant de pratiquer la première incision, annonça-t-il lentement, repêchant les mots savants un à un dans sa mémoire, je crois indispensable de vous présenter d'abord les instruments que nous allons utiliser, Mme Flo et moi-même.

Prunille leva les yeux vers son frère, un sourcil en l'air.

— Stouri ?

— Absolument, le bistouri. Comme vous le savez sans doute, le bistouri est l'instrument essentiel du chirur...

— Nous savons tous ce qu'est un bistouri, D$^r$ Tecoma, coupa l'homme aux crochets, souriant de toutes ses dents en direction de la salle.

Et le chauve se pencha vers Klaus pour lui siffler à l'oreille :

— À quoi tu joues ? Coupe le cou de cette chipie et qu'on n'en parle plus !

— Jamais un vrai chirurgien n'opérerait un malade sans tout expliquer d'abord, chuchota Klaus en réponse. Il faut commencer par baratiner, c'est notre seule chance de les embobiner.

Les deux acolytes observèrent les enfants un instant, si intensément que les jeunes Baudelaire crurent au pire. Le moment était-il venu de détaler, emmenant Violette sur son chariot ?

Mais les deux scélérats hochèrent finalement la tête, approbateurs.

— Hum, pas idiot, murmura l'homme aux crochets, et il se retourna vers l'assistance. Euh, veuillez nous pardonner cette interruption de programme. Oui, voyez-vous, nous sommes de vrais chirurgiens, et c'est pourquoi nous commençons par tout expliquer. Continuez, D$^r$ Tecoma.

— Donc, reprit Klaus, comme je le disais, le bistouri est l'instrument essentiel en chirurgie. L'origine du nom semble bien être la ville de Pistoia, en Italie, où était jadis fabriqué le poignard qui est l'ancêtre du bistouri. Car le bistouri n'est pas autre chose qu'un couteau, euh, c'est-à-dire une lame tranchante équipée d'un manche – même si les hommes préhistoriques, bien sûr, ne connaissaient encore que la pierre taillée. (Ah! l'inspiration lui venait, à présent, en même temps que des pages entières de *La chirurgie à travers les âges*, reçu en cadeau pour ses onze ans.) Certaines civilisations ont également pratiqué la petite chirurgie à l'aide des incisives de grands animaux tués à la chasse...

— Dents! précisa Prunille.

— Au fil du temps, le bronze et le fer remplacèrent le silex et l'ivoire. C'est le fer qu'utilisaient les « barbiers-chirurgiens » du Moyen Âge, qui rasaient et coupaient les barbes, mais aussi ouvraient les abcès, pratiquaient les saignées. Plus tard, les chirurgiens des armées utilisaient aussi le fer. Au temps de Napoléon I$^{er}$, le chirurgien de cet empereur français pouvait vous amputer d'une cuisse en quatre minutes et d'un bras en douze secondes...

— Oui, et maintenant, à toi d'en faire autant! lui souffla le chauve à l'oreille.

— De nos jours, poursuivit Klaus, imperturbable, le bistouri électrique et le laser se sont joints à l'arsenal du chirurgien, mais l'instrument idéal pour une cervicalectomie est le couteau, euh... (Il jeta un coup d'œil à celui qu'il tenait à la main.) L'instrument idéal est le couteau Bowie, du nom du colonel James Bowie, originaire du Texas...

Il reprit son souffle, mais l'homme aux crochets coupa court :

— Superbe exposé, n'est-ce pas, mesdames et messieurs?

— Magnifique! approuva l'une des journalistes, une dame en tailleur gris souris, qui mâchonnait une gomme à mâcher, un petit micro à la main. Je vois déjà le titre : TOUR D'HORIZON SUR LE BISTOURI. Quand les lecteurs du *Petit pointilleux* vont voir ça...

La salle applaudit à tout rompre et, au milieu de ce brouhaha, Violette frémit sur son chariot. Sa bouche s'entrouvrit un peu plus, l'une de ses mains eut un petit tremblement. C'était si léger, si discret que seuls ses cadets le remarquèrent. Ils échangèrent un regard d'espoir. Gagner du temps, oh! il fallait encore gagner du temps!

— Assez bariné, leur chuchota le chauve. Embobiner les gens, d'accord, c'est drôle. Mais maintenant, il faut opérer avant que l'orpheline se réveille.

Klaus fit la sourde oreille.

— Avant de procéder à la première incision, reprit-il bien haut à l'adresse du public, je voudrais dire quelques mots à propos de la rouille...

Il se tut une seconde, le temps de rassembler le savoir puisé dans *Le secret de l'altération des métaux*, offert par sa mère trois ans plus tôt.

— La rouille est le produit de la corrosion des métaux ferreux en présence d'oxygène et d'humidité. Elle se présente, euh, sous la forme d'une altération brun-roux, comme celle que vous pouvez voir ici. (Il brandit le couteau rouillé et, du coin de l'œil, il vit la main de Violette frémir de nouveau, presque imperceptiblement.) Dans une cervicalectomie, cette oxydation de la lame est hautement souhaitable, car les processus oxydatifs favorisent euh... la mitochondrie cellulaire et la démystification cosméto-téléologique, acheva-t-il d'un trait, alignant à la hâte tous les mots compliqués qui lui venaient à l'esprit.

— Clap ! cria Prunille.

Et l'assistance applaudit de nouveau, quoique avec moins d'ardeur que les fois précédentes.

— Impressionnant, trancha le chauve, et il foudroya Klaus du regard par-dessus son masque chirurgical. Mais je crois qu'il est temps de passer aux travaux pratiques. On comprend mieux ce qu'on a sous les yeux.

— C'est évident, lui accorda Klaus. Mais nous devons d'abord attendrir les vertèbres, de manière à obtenir une coupe nette. Mme Flo, voudriez-vous bien mordiller légèrement la nuque de V... Laure-Odile Etabivet, je vous prie ?

— Oui, fit Prunille avec un grand sourire. Elle n'eut pas besoin que Klaus lui fasse un dessin.

Elle se percha sur le flanc du chariot et, très doucement, du bout des dents, elle mordilla la nuque de son aînée dans l'espoir de la réveiller.

Violette eut un petit frisson ; elle referma la bouche, rien de plus.

— Qu'est-ce que vous fabriquez ? vociféra tout bas l'homme aux crochets. Opérez, et que ça saute, ou Mattathias va se mettre en colère !

Klaus prit la salle à témoin :

— Vous voyez ? Quelle délicatesse ! Quelle merveilleuse infirmière est Mme Flo !

Mais il n'y eut que trois applaudissements et pas l'ombre d'un bravo.

— À mon avis, ce cou est bien assez attendri, décida le chauve. (Le ton était professionnel, mais les yeux lançaient des éclairs.) Passons à cette opération.

Klaus prit le couteau à deux mains et l'éleva au-dessus de son aînée. Les yeux sur Violette endormie, il s'interrogeait avec fièvre : est-ce qu'une petite coupure, minuscule, pouvait suffire à l'éveiller sans pour autant lui faire mal ?

Oui, mais... avec cette lame rouillée ? De sa main tremblante comme une feuille ?

Il jeta un coup d'œil vers Prunille. La petite le regardait avec des yeux immenses.

— Je ne peux pas, chuchota-t-il, et il leva les yeux au plafond.

Au-dessus de sa tête, à côté de la lampe, un interphone semblait le regarder fixement. Alors une idée lui vint.

— Je ne peux pas, dit-il bien haut.

Un frisson parcourut l'assistance.

— Et pourquoi donc ? s'enquit l'homme aux crochets, faisant un pas vers Klaus.

Dans sa main gantée, le métal perçait à travers le latex, monstre marin émergeant de l'onde.

Klaus avala sa salive. Il reprit un ton professionnel.

— Avant de pratiquer la moindre incision, il reste encore une chose à faire. La plus importante de toutes dans cette éminente clinique.

— Ah ? Et quoi donc ? s'enquit le chauve, près d'exploser.

— Papié ! lança Prunille de sa petite voix aiguë.

— Exactement, confirma Klaus. Il nous reste à remplir les papiers.

À leur immense soulagement, la salle décida d'applaudir.

— Hourra ! cria un volontaire au fond de la salle. Vive les papiers ! Vive la paperasse et la paperasserie !

Les complices d'Olaf écumaient sous leur masque.

— Absolument, approuva Klaus bien haut. Vive les papiers ! Et nous ne pouvons en aucun cas opérer un patient, quel qu'il soit, tant que son dossier n'est pas complet.

— Mon Dieu ! s'écria une infirmière. Dire que nous avons failli oublier ! J'ai peine à y croire ; les papiers, dans cette clinique, c'est le plus important de tout !

— Je vois d'ici le gros titre, déclara la journaliste en gris : PAPIERS NON REMPLIS À LA CLINIQUE HEIMLICH ! Quand les lecteurs du *Petit pointilleux* vont voir ça...

— Il faut appeler Hal de toute urgence, suggéra un médecin. Les papiers, c'est son rayon. Si quelqu'un peut régler la question, c'est bien lui.

— Je cours le chercher ! dit une infirmière.

Et, se faufilant hors des gradins, elle quitta la salle en hâte, sous les applaudissements nourris.

— Pas besoin d'aller chercher Hal, décréta l'homme aux crochets, levant ses appendices gantés pour tenter d'obtenir le silence. Les papiers ont été remplis, je peux vous l'assurer.

— Mais lors d'une opération, improvisa Klaus, les papiers doivent être vérifiés par Hal, de toute manière. Le règlement de la clinique l'exige.

Le chauve se pencha vers lui et cracha tout bas :

— Mais qu'est-ce que vous trafiquez, vous deux ? Vous allez tout faire échouer !

— Le D$^r$ Tecoma a raison, je crois, affirma un médecin dans la salle. Le règlement de la clinique l'exige.

Les applaudissements redoublèrent. Klaus et Prunille échangèrent un regard furtif. Décidément, le public avait tendance à croire tout ce qu'affirmaient les blouses blanches.

— Voilà, ça y est, Hal arrive, annonça l'infirmière qui regagnait la salle, essoufflée. Apparemment, il y a eu un problème aux Archives, mais il arrive dès que possible et il va régler l'affaire.

— Pas besoin de Hal pour régler l'affaire ! lança une voix aigrelette depuis la porte opposée.

Les enfants se retournèrent et virent une silhouette effilée, perchée sur des talons aiguilles, suivie de deux autres blouses blanches. Sous leurs masques chirurgicaux, les arrivantes avaient un teint de farine : les deux dames poudrées de la troupe d'Olaf !

— Mesdames et messieurs, reprit Esmé, je vous présente le véritable D$^r$ Tecoma, que voici, et la véritable Mme Flo, que voilà. Les deux individus ici présents sont des imposteurs.

— Jamais de la vie ! s'indigna l'homme aux crochets.

— Je ne parle pas de vous ! aboya Esmé avec un regard noir pour les sbires d'Olaf.

Je veux dire ces deux autres, là, les rabougris ! Ils ont roulé tout le monde dans la farine, médecins, infirmières, volontaires, journalistes, et même moi ! Même moi, jusqu'au moment où j'ai retrouvé les véritables assistantes du D$^r$ Flocamot.

— En tant que médecin, hasarda Klaus, mon diagnostic est que cette malheureuse a perdu la raison.

— Perdu la raison ? jappa Esmé. Certainement pas. Mais vous, vous pourriez bien y laisser la tête, orphelins Baudelaire !

— Baudelaire ? s'écria la journaliste du *Petit pointilleux*. Les Baudelaire qui ont assassiné le comte Omar ?

— Olaf, rectifia le chauve.

— Je n'y comprends plus rien, gémit un volontaire. Tous ces gens qui ne sont pas qui ils prétendent être...

— Laissez-moi vous expliquer, dit Esmé, campée sous la lampe. Je suis une professionnelle de la santé, tout comme le D$^r$ E. Flocamot, le D$^r$ E. T. MacFool, le D$^r$ Tecoma et l'infirmière Flo ici présents. D'ailleurs, comme vous le voyez, nous portons des blouses blanches et des masques.

— Noussi! protesta Prunille.

— Mais vous, plus pour longtemps! cingla Esmé.

Et, joignant le geste à la parole, elle arracha leurs masques aux enfants. La stupeur cloua la foule. Les yeux s'écarquillèrent d'épouvante. Seuls les volontaires, qui ne lisaient jamais le journal, ne reconnurent pas les orphelins assassins.

— Mais oui! ce sont les Baudelaire! s'étrangla une infirmière. Je les ai vus dans *Le petit pointilleux*!

— Moi aussi! s'écria un médecin.

— Toujours un plaisir de rencontrer nos lecteurs, dit la journaliste, modeste.

— Mais il y en avait trois, de ces orphelins! s'étonna un autre médecin. Où donc est l'aînée?

L'homme aux crochets alla se planter devant le chariot pour dérober Violette aux regards de l'assistance.

— L'aînée? En prison, répondit-il très vite. Elle a déjà été arrêtée.

— Faux! s'écria Klaus, et il écarta les cheveux qui masquaient le visage de sa sœur. Elle est ici, la voici. Ces scélérats l'avaient déguisée en patiente, et ils voulaient lui couper le cou!

— Ne dis donc pas n'importe quoi, petit menteur! intervint Esmé. C'est toi qui voulais lui couper le cou. D'ailleurs, tu as encore le couteau en main.

— Très juste ! approuva la journaliste. Et je vois déjà le gros titre : UN ASSASSIN TENTE D'ASSASSI-NER UNE ASSASSINE. Quand les lecteurs du *Petit pointilleux* vont voir ça...

— Touim ! protesta Prunille.

— Nous ne sommes pas des assassins ! traduisit Klaus dans la fièvre.

— Si vous n'en êtes pas, dit la journaliste, ten-dant son micro à bout de bras, alors expliquez-nous un peu ce que vous faites dans cette clinique, dé-guisés en professionnels de la santé ?

— Je crois que je tiens l'explication ! lança une voix fêlée.

Tous les regards se tournèrent vers Hal qui ve-nait d'entrer à son tour. D'une main, il brandissait le faux trousseau de clés, fait du ruban de Violette et des trombones mâchouillés par Prunille, de l'autre, il désignait le trio Baudelaire.

— Ces trois jeunes criminels, reprit-il, ont pré-tendu être des volontaires pour venir soi-disant tra-vailler aux Archives !

— Quoi ? fit une infirmière outrée. Non con-tents d'être des assassins, ce sont aussi de faux vo-lontaires ?

— Voilà pourquoi ils ne connaissaient pas les paroles de notre chanson !

— Profitant de ce que j'ai la vue basse, poursuivit Hal, ils ont bricolé ce faux trousseau de clés et m'ont chapardé le mien, dans le but de s'introduire de nuit aux Archives et d'y détruire tous les dossiers concernant leurs crimes !

— Ce n'était pas pour détruire des dossiers ! plaida Klaus. C'était pour prouver notre innocence. Désolé de vous avoir trompé, Hal, et désolé si des casiers ont été renversés, je vous en demande pardon pour nous trois, mais...

— Casiers renversés ? s'étrangla Hal, hors de lui. Vous avez fait bien pire que de renverser des casiers !

Une dernière fois, à travers ses petites lunettes, il regarda les enfants, puis il prit l'assistance à témoin de sa détresse :

— Ces trois enfants ont allumé un incendie criminel. La salle des Archives est en feu.

# CHAPITRE
## 12

Je suis seul ce soir, seul en raison d'un coup du sort, terme qui signifie ici que rien ne s'est déroulé comme je l'avais prévu.

Il fut un temps où je vivais heureux, dans un logis douillet, avec un bel avenir professionnel, une personne que j'aimais profondément et une excellente machine à écrire – mais tout cela m'a été retiré. Il ne m'en est rien resté, rien qu'un tatouage à la cheville gauche. À l'instant même, comme j'écris

ces mots avec un énorme crayon, assis dans ce réduit minuscule, à l'instant même j'ai l'impression que toute ma vie n'a été qu'une sinistre pièce de théâtre, conçue pour le seul amusement d'un autre, et que l'auteur dramatique auquel je dois ce coup du sort ricane au-dessus de ma tête, quelque part là-haut, ravi de sa création.

C'est une expérience extrêmement désagréable que d'entendre ricaner au-dessus de sa tête quand on est victime d'un coup du sort, et c'est pourtant ce que vécurent les enfants Baudelaire ce jour-là, dans l'amphithéâtre de médecine de la clinique Heimlich. À peine Hal venait-il de les accuser d'avoir mis le feu aux Archives qu'au-dessus de leurs têtes, bien haut, éclata un ricanement lugubre, sorti tout droit du haut-parleur fixé au plafond.

Oh ! c'était un ricanement familier, qu'ils avaient entendu bien des fois. C'était le rire triomphal d'une canaille savourant le succès de l'une de ses pires fourberies – un rire qui ressemblait fort à celui de quelqu'un qui vient d'en raconter une bien bonne.

Cela dit, ce rire dans l'interphone présentait au moins un avantage : il avait de quoi réveiller un mort, ou plutôt de quoi tirer un patient des brumes de l'anesthésie, et Violette remua une épaule en marmottant quelque chose.

— Oups ! fit Mattathias, découvrant que l'interphone était connecté. Euh, votre attention s'il vous

plaît! Ici Mattathias, votre D.R.H. Avis important,
je répète, avis important : un grave incendie se propage en ce moment à travers l'établissement. Les
orphelins Baudelaire ont mis le feu aux Archives, et
l'incendie a déjà gagné trois services : Doigts écrasés,
Orteils tordus, Tours de reins. Ces jeunes criminels
courent toujours et nous vous recommandons la
plus grande vigilance. Il faut absolument retrouver
ces petits assassins pyromanes. Accessoirement,
merci d'évacuer les patients des services concer-
nés. Terminé.

— Je vois déjà le gros titre, glapit la journaliste :
DES TONNES D'ARCHIVES DÉTRUITES PAR LES
ORPHELINS ASSASSINS. Quand les lecteurs du
*Petit pointilleux* vont voir ça...

— Vite! dit une infirmière. Allez prévenir
Mattathias que les orphelins, on les tient. Cette
fois, petits scorpions, votre compte est bon ! Assassinat, incendie criminel, exercice illégal de la médecine...

— Mais on n'a rien commis de tout ça ! protesta
Klaus.

Puis il se tut net ; à quoi bon ? Ce faux trousseau
de clés au poing de Hal, qui l'avait confectionné ?
Ces blouses blanches sur leur dos, comment les jus-
tifier ? Et ce couteau ébréché qu'il tenait à la main ?
Non, tout les désignait comme coupables, tous ces
indices – ces adminicules, comme disaient les juges,

il avait lu ce mot dans un livre de droit. Un adminicule, c'était un commencement de preuve ; même minuscule, même infime, cela pouvait suffire pour envoyer un suspect en prison.

— Encerclez-les ! lança l'homme aux crochets, levant un point d'interrogation ganté. Mais méfiez-vous, le gamin à lunettes est armé !

Les complices d'Olaf se répartirent en cercle et, à pas prudents, refermèrent ce cercle sur les enfants. Prunille eut un gémissement de terreur. Klaus la percha sur le chariot.

— Arrêtez-les ! cria un médecin.

— C'est ce qu'on est en train de faire ! cingla Esmé.

Puis elle se tourna vers les enfants et siffla très bas :

— Sauf qu'on n'a pas besoin de vous trois vivants, un seul suffira bien. (Tout en parlant, elle se déchaussait prestement.) L'intérêt de ces talons aiguilles n'est pas seulement leur élégance, voyez-vous. Ils ont d'autres usages aussi... Deux petites crapules peuvent fort bien périr accidentellement, en tentant d'échapper à la justice. Une petite crapule sera bien assez pour nous céder son héritage.

— Notre fortune, riposta Klaus, jamais vous ne mettrez la main dessus ! Jamais. Et jamais non plus vous ne mettrez la main sur nous !

— C'est ce qu'on va voir ! siffla Esmé.

Et, d'un grand coup de talon aiguille, elle tenta de l'embrocher.

Il esquiva le coup d'un saut de côté, mais sentit l'air siffler à son oreille. Il se tourna vers l'assistance.

— Elle essaie de nous tuer ! Vous avez vu ? Les vrais assassins, ce sont eux !

— Tu crois qu'ils vont te croire ? souffla Esmé, et son deuxième talon manqua de peu Prunille, qui tomba à quatre pattes juste à temps.

— Petit menteur ! cria Hal. Ma vue n'est plus ce qu'elle était, mais je vois bien que tu as enfilé une blouse blanche pour tromper le pauvre monde !

— Oui, petit menteur ! renchérit une infirmière. Tu crois peut-être qu'on ne voit pas ce vilain couteau que tu tiens ?

Une troisième fois, Esmé voulut frapper, mais ses talons aiguilles s'emmêlèrent au lieu de toucher les enfants. Elle chuchota entre ses dents :

— Feriez mieux de vous rendre ! Vous êtes coincés. À votre tour de l'être, un peu. Après avoir tant de fois coincé ce pauvre Olaf !

— Maintenant, gloussa le chauve, vous savez ce que c'est que d'être du côté de la racaille ! Bon alors, à l'assaut, vous autres ! Mattathias a dit : le premier qui en tient un choisit où on va souper ce soir !

— Ah bon ? fit l'homme aux crochets. J'ai comme une petite faim de pizza.

Et il s'avança vers Klaus, qui recula contre le chariot. Le chariot roula sur quelques centimètres.

— Ah non ! protesta l'une des dames poudrées. Moi, j'aimerais mieux manger chinois. Retournons à ce restaurant où on avait fêté le rapt des Beauxdraps, vous vous souvenez ?

— Plutôt le café Salmonella, grinça Esmé.

Et tous les cinq continuaient d'avancer. Klaus donna une petite poussée au chariot, afin de l'éloigner encore. Il tenait toujours le couteau, mais doutait fort d'être capable d'en jouer. Le comte Olaf, bien sûr, en aurait déjà fendu l'air. Mais Klaus, malgré les dires du chauve, ne se sentait pas du tout « du côté de la racaille ». Il se sentait plutôt du côté de ceux qui feraient mieux de détaler, et qui feraient mieux de ne plus traîner.

Alors il cria à pleins poumons :

— Reculez ! Ce couteau est pointu et, en plus, il est tout rouillé !

— Tu ne pourras jamais nous éliminer tous, ricana l'homme aux crochets. D'ailleurs, tu n'as pas assez de cran.

— Pas besoin de cran pour tuer quelqu'un, répliqua Klaus. Il suffit d'être totalement dépourvu de sens moral.

Les complices d'Olaf s'esclaffèrent.

— « Totalement dépourvu de sens moral ! »

singea Esmé. Si tu crois que tes grands mots vont te tirer d'affaire, moustique !

— Mes mots, sûrement pas. Ce qui va me tirer d'affaire, c'est un chariot d'hôpital !

Là-dessus, sans crier gare, Klaus jeta son couteau à terre. Saisis, ses assaillants firent un bond en arrière. Un bref instant, le cercle d'individus totalement dépourvus de sens moral se desserra – un instant seulement, mais cet instant suffit à Klaus. Il bondit à l'arrière du chariot, tel un laquais derrière un carrosse, et le chariot se mit à rouler, prenant de la vitesse, droit vers la grande porte par laquelle il était entré.

Un cri monta de l'assistance, et l'homme aux crochets s'égosilla :

— Rattrapez-les ! Ils vont nous échapper !

— Moi vivant, jamais ! chevrota Hal.

Et le vieil homme, d'un bond en avant, empoigna le chariot par un montant, juste comme il atteignait la porte.

Le chariot ralentit, s'immobilisa, et Prunille se retrouva nez à nez avec le vieil archiviste. Face à ce regard courroucé derrière les lunettes minuscules, la petite sentit son cœur battre à tout rompre. Contrairement aux complices d'Olaf, Hal n'était pas foncièrement mauvais, elle le savait. Il était simplement quelqu'un qui aimait profondément ses Archives et qui croyait arrêter ceux qui venaient d'y mettre le feu. Prunille avait le cœur gros d'être prise pour une criminelle au lieu d'une bambine accablée par le sort. Mais elle savait aussi que le temps manquait. Impossible de tout expliquer. Alors elle se contenta d'un mot, un seul – mais ce mot-là, elle y tenait.

— Pardon, murmura-t-elle avec un pauvre sourire.

Puis elle ouvrit la bouche un peu plus et elle mordit la main de Hal, oh! trois fois rien, juste ce qu'il fallait pour lui faire lâcher prise.

— Aaaïe! hurla le vieil homme, portant la main à sa bouche. Elle m'a mordu, la petite furie!

— Fort? s'enquit une infirmière.

— Pas trop, mais j'ai lâché prise et... les voilà qui filent!

D'un vigoureux coup de talon, Klaus avait relancé le chariot, et celui-ci franchissait déjà la grande porte à vive allure, Violette battant des cils et Prunille cramponnée de toutes ses forces.

Et le bolide, accélérant, poursuivit sa course folle à travers le service Chirurgie, évitant de justesse les infortunés qui passaient par là.

— Votre attention, s'il vous plaît! cracha bientôt l'interphone. Ici Mattathias. Les assassins pyromanes Baudelaire sont en fuite sur un chariot. Veuillez les arrêter immédiatement! Autre information: le feu se propage à présent à travers tout l'établissement. Prière d'évacuer tous les services, patients et personnel compris.

— Noritz! cria Prunille.

— Je vais aussi vite que je peux! répondit Klaus aux abois. Violette, s'il te plaît, réveille-toi! Il faudrait que tu m'aides à pousser!

— J... ess... aie... bredouilla Violette en clignant des yeux.

Mais elle avait beau battre des paupières, tout lui semblait embrumé. Parler exigeait d'elle un effort surhumain, et remuer, plus encore.

— Exit! hurla soudain Prunille en indiquant, sur la gauche, l'entrée du service Chirurgie.

Klaus mit le cap sur la gauche, et ils passèrent sans ralentir à la barbe du garde posté là, celui qui ne semblait ni homme ni femme. Avec un barrissement de monstre, la monumentale créature s'élança à leurs trousses de son étrange pas chaloupé, étrangement efficace.

Au fond du couloir, le chariot rasa de près une poignée de volontaires occupés à chanter que la vie était belle. Le barbu leva les yeux de sa guitare juste à temps pour voir filer sous son nez l'arrière du bolide.

— Hé! Ce serait-y pas ces assassins dont vient de parler le D.R.H? Aidons ce brave à les rattraper, mes frères!

— Bonne idée! Ça nous changera un peu de cette chanson.

La mâchoire serrée, Klaus vira sur la droite à la

première croisée de couloirs, et tenta d'accélérer encore.

— Violette, oh! je t'en supplie, réveille-toi. Ils nous rattrapent!

— Scaliero! signala Prunille, pointant un doigt vers la gauche.

Klaus vira sur la gauche, et l'instant d'après, le chariot dévalait les escaliers en trombe, rebondissant de marche en marche. C'était un plongeon vertigineux, une dégringolade en spirale qui n'était pas sans rappeler la descente sur la rampe du haut du soixante-sixième étage, boulevard Noir.

Les dents serrées, Prunille redoutait une collision – elle n'avait pas oublié ce choc, trois mois plus tôt, dans la voiture de l'oncle Monty –, lorsqu'en plein virage, sans prévenir, Klaus lança un pied contre le mur (manœuvre de freinage très déconseillée, car elle use prématurément les chaussures).

Le chariot vibra, se cabra, mais finit par s'immobiliser face à un plan de la clinique et Klaus, le nez sur ce plan à perdre le nord, marmotta en clignant des yeux derrière ses lunettes:

— Bon. Qu'est-ce qu'on fait? On tourne ici, dans ce service, ou on continue à descendre?

— Dliiinn! se récria Prunille, montrant le bas de l'escalier; ce qui signifiait: «Descendre? Surtout pas: regardez!»

Klaus regarda et Violette battit des paupières.

Deux volées de marches plus bas, au-dessous du palier, flamboyait une lueur orangée, à croire que le soleil se levait dans les profondeurs du sous-sol. De minces volutes de fumée montaient en torsade le long de la cage d'escalier, pareilles aux tentacules de quelque animal fantastique. C'était une vision de cauchemar, de ces cauchemars qui hantaient les nuits des trois enfants depuis ce terrible matin, à la plage de Malamer. Durant quelques secondes, hypnotisés, ils ne surent qu'ouvrir de grands yeux sur cette vision hallucinante. Quatre mois plus tôt, ils le savaient, la chose qui palpitait là leur avait tout enlevé.

— Le feu, souffla Violette.

— Oui, chuchota Klaus. En train de se propager par la cage d'escalier. Demi-tour ! Il faut remonter.

Mais au-dessus de leurs têtes, des voix se firent entendre, mêlées, superposées.

— On va vous aider, disait le barbu. Montrez-nous le chemin... euh, Monsieur ? ou Madame ? Je vous demande pardon, je ne sais trop...

— Pamonté, décida Prunille.

— Non, dit Klaus. Mais pas question de descendre non plus. Tant pis, va pour cet étage... Service Bobologie – je me demande bien ce qu'on y soigne.

Il poussa le chariot à travers la porte, juste au moment où l'interphone crachait :

— Votre attention, s'il vous plaît. Ici Mattathias. Le feu gagne ! Avis à l'équipe du D<sup>r</sup> MacFool : poursuivez la chasse aux fuyards ! Les autres, tous les autres, patients et personnel médical, rassemblement sur la pelouse, à l'entrée du bâtiment. Ces petits assassins vont bien être obligés de pointer le nez. Nous les capturerons ou ils finiront rôtis !

Le service Bobologie n'était pas le havre espéré, les enfants le comprirent aussitôt. Mattathias disait vrai : le feu gagnait. Là-bas, tout au fond du couloir, dansait déjà la lueur diabolique. Les enfants se retournèrent mais dans leur dos s'éleva un rugissement de fauve. La montagne vivante dégringolait les escaliers à leurs trousses.

Pris au piège, ils étaient pris au piège ! Coincés au beau milieu d'un couloir, entre la rage du feu et celle des sbires d'Olaf.

Klaus freina de nouveau et le chariot s'arrêta. Klaus sauta à terre.

— Le feu est là-bas aussi. On ferait mieux de se cacher, le temps que Violette se réveille.

— Méhou ? s'enquit Prunille comme il la soulevait pour la déposer à terre.

— Ici, quelque part, répondit-il en prenant leur aînée par un bras. Peu importe. C'est juste pour attendre que Violette puisse bouger. Violette, s'il te plaît, dépêche-toi.

— Je vais... essayer, murmura Violette.

Et elle glissa à bas du chariot, chancelante, agrippée à son frère.

Pendant ce temps, ses cadets inspectaient les alentours. Sur la porte d'en face, on pouvait lire : RÉSERVE.

— Glaïnop ? s'enquit Prunille ; autrement dit : « Dans ce cagibi ? Comme ce matin ? »

— Pourquoi pas ? répondit Klaus, incertain, et il ouvrit la porte d'une main, soutenant Violette de l'autre. Au moins ça nous cachera – pour un temps.

Klaus et Prunille aidèrent leur sœur à passer la porte, puis ils tirèrent le verrou derrière eux. À l'exception d'une lucarne dans un angle, le réduit ressemblait comme un frère à celui où, le matin même, Klaus et Prunille avaient déchiffré des anagrammes. C'était une pièce minuscule, avec une ampoule faiblarde au plafond, un rang de blouses blanches sur des patères, un lavabo douteux, une provision de soupe en conserve, une autre d'élastiques de bureau, et rien de plus.

Les cadets Baudelaire contemplèrent ces objets, puis leur sœur aînée. Elle commençait à reprendre des couleurs et son regard se faisait moins flou, c'était bon signe. Mais elle avait intérêt à sortir de sa torpeur, et vite ! Car si les fournitures entreposées là pouvaient être d'une utilité quelconque, Violette seule avait les moyens d'en tirer une invention salvatrice.

# CHAPITRE
# 13

À cinq ans et trois mois, Violette avait remporté son premier concours pour inventeurs en herbe grâce à un rouleau à pâtisserie automatique, fabriqué à partir d'un store détraqué et de six vieilles paires de patins à roulettes.

En lui passant la médaille au cou, l'un des juges lui avait dit : « Toi, on t'attacherait les mains dans le dos et tu trouverais encore le moyen de nous bricoler quelque chose. »

Violette avait rayonné, très fière. Elle savait que le juge n'allait pas lui lier les mains dans le dos rien que pour voir. Simplement, il était d'avis que son génie inventif devait pouvoir triompher d'impedimenta majeurs – et impedimenta (qui est un pluriel latin) signifie ici comme ailleurs : « tout ce qui vous met des bâtons dans les roues ».

L'aînée des Baudelaire avait déjà maintes fois donné raison au juge : elle avait inventé bien des choses malgré ces impedimenta majeurs que sont le manque de temps et d'outils. Mais jamais encore elle n'avait affronté d'impedimenta aussi majeurs que les effets prolongés d'une anesthésie générale. Clignant des yeux, elle s'efforçait d'identifier les objets tout en se concentrant très fort sur les paroles de ses cadets.

— Violette, implorait Klaus, tu es encore à moitié dans les vapes, je sais bien. Mais il faut absolument que tu inventes quelque chose.

— Lépinn ! renchérissait Prunille.

— Oui... souffla Violette très bas, en se frottant les yeux. Je... sais.

— On va t'aider. Tant qu'on pourra. Dis-nous ce que tu veux qu'on fasse. Le feu gagne du terrain, on ne va pas pouvoir rester ici cent sept ans.

— Ralam, ajouta Prunille ; c'est-à-dire : « Et les sbires d'Olaf nous talonnent. »

— Ouvr...ez... la fenêtre, articula Violette, les yeux sur la lucarne dans un angle.

Klaus adossa son aînée contre le mur, de manière à pouvoir la lâcher sans la voir s'effondrer en petit tas. Il ouvrit la lucarne, jeta un coup d'œil dehors.

— Apparemment, dit-il, on est au troisième étage. Ou peut-être au quatrième, il y a tellement de fumée que c'est difficile à dire. Ça n'a pas l'air d'une hauteur folle, mais c'est quand même trop haut pour sauter.

— Scalad ? suggéra Prunille.

Klaus examina la muraille en contrebas.

— Il y a un interphone juste sous la fenêtre. Je suppose que oui, en faisant très attention, on pourrait descendre jusqu'aux buissons au pied du mur. Mais ça reviendrait à faire des acrobaties devant des foules, toutes prêtes à nous cueillir en bas. En bas, il y a des tas de médecins et d'infirmières, et des patients sur des chariots ou des béquilles, et je vois Hal aussi, et la journaliste du *Petit point...*

Il se tut pour tendre l'oreille. Un peu plus loin, un chant s'élevait :

> *Si vous avez la rate* ⎱ (bis)
> *Qui vous fait des ratés,* ⎰
> *Nous accourons en hâte*
> *Pour vous la dilater !*
> *Ah ! la vie est belle...*

— Et il y a des volontaires, aussi, compléta Klaus. Ils sont tous à l'affût devant l'entrée, où Mattathias leur a dit d'aller. Tu pourrais inventer un truc pour passer par-dessus tout ce monde ?

Violette ferma les yeux.

> *Chers amis, chantons, rions !*
> *Ah ! la vie est belle,*
> *Prenez un ballon !*

— Violette ? s'inquiéta Klaus. Tu ne vas pas te rendormir ?

— Non, je... ré... fléchis... Avant de... des... cendre, il faut... éloigner... les gens.

Un rugissement étouffé leur parvint du couloir.

— Kézalf, murmura Prunille ; c'est-à-dire : « Le complice d'Olaf, le gros ! Il arrive dans le service Bobologie. Vite ! Les minutes sont comptées. »

— Klaus, dit Violette, et elle rouvrit les yeux. Ouvre ces boîtes... d'élastiques... Attache-les... entre eux... tu sais... comme pour faire... une corde.

*...Vous faire le cœur en fête,*
*Léger comme un ballon !*

*Ah ! la vie est belle,*
*Chers amis, chantons, rions !*
*Ah ! la vie est belle...*

Klaus jeta un coup d'œil en bas. Les volontaires de la troupe, jamais en reste, distribuaient des ballons aux patients.

— Éloigner les gens, dit-il, d'accord, mais comment ?

Violette baissa le nez.

— Aucune... idée. J'ai du mal... à me concentrer.

— Aid ! jappa Prunille.

— Non, Prunille, soupira Klaus. Appeler à l'aide ne servirait à rien. Qui veux-tu qui vienne à notre secours ?

— Aid, insista Prunille.

Elle se délesta de sa blouse blanche et, d'un coup de dents, elle en arracha la ceinture pour la tendre à sa sœur.

— Ruban, dit-elle, et Violette la remercia d'un sourire un peu las.

D'une main hésitante, l'aînée des Baudelaire noua ses cheveux. Elle ferma de nouveau les yeux et hocha la tête.

— Ça paraît... idiot, mais c'est... mieux... Merci, Prunille... Klaus... attache... ces élastiques... entre eux... Prunille, tu pourrais... ouvrir... une boîte de soupe ?

— Bis ! répondit Prunille ; signifiant par là : « Bien sûr. J'ai déjà fait ça ce matin, pour un problème d'anagramme. »

— Parfait, dit Violette, à qui ce faux ruban dans les cheveux semblait avoir raffermi la voix. Il nous faut... une boîte vide... Vite !

*Que vous ayez la gale,*
*Un cor, un panaris...*

Alors, au rythme entraînant du chant des volontaires, les orphelins Baudelaire ne perdirent pas une seconde.

Klaus éventra une boîte d'élastiques et entreprit de les attacher en chaîne – comme chacun de nous l'a fait un jour, pour passer le temps. Prunille saisit une boîte de soupe et entreprit de l'ouvrir, à petits coups de dents méthodiques. Violette gagna le lavabo et entreprit de s'asperger d'eau froide pour se remettre les idées en place.

Le temps pour les volontaires d'entamer leur couplet sur les doigts écrasés, et Klaus avait déjà à ses pieds, enroulée comme un serpent, une belle longueur de corde élastique ; Prunille avait ouvert sa boîte et la vidait dans le lavabo ; et Violette observait, anxieuse, la nappe de fumée qui se coulait sous la porte.

— Le feu est dans le couloir, dit-elle. (Un rugissement s'éleva derrière la porte.) Le sbire d'Olaf aussi. Il nous reste quatre à cinq minutes, pas plus.

— Ma corde est prête, annonça Klaus. Mais comment comptes-tu écarter les foules avec cette boîte en fer-blanc ?

— Boîte en fer-blanc ? C'est un interphone, tu vas voir. Prunille, tu veux bien percer un trou dans le fond, s'il te plaît ?

— Pietrisycamollaviadelrechiotemexity, commenta Prunille.

Mais, d'un coup de dents, elle fit ce qu'on lui demandait.

— Maintenant, vous deux, dit Violette, tenez ce

truc-là tout près de la fenêtre, mais sans que les gens puissent le voir. Il faut qu'ils croient que ma voix sort de l'interphone.

Klaus et Prunille prirent position avec la boîte de conserve vide et Violette glissa la tête dedans. Puis elle respira un grand coup et se mit à parler bien fort. À travers cet étrange mégaphone, sa voix rendait un son éraillé, étouffé – et c'était exactement le but recherché.

— Votre attention, s'il vous plaît ! clama-t-elle. Ici Mme Babs. Mattathias a démissionné pour raisons de convenance personnelle, et j'ai repris la Direction des ressources humaines. Les assassins pyromanes Baudelaire ont été aperçus dans l'aile inachevée de la clinique. Je répète : dans l'aile inachevée de la clinique. L'aide de tous est requise pour leur arrestation. Veuillez vous rendre là-bas immédiatement. Terminé.

Elle retira sa tête de la boîte.

— Ça a l'air de marcher ?

Prunille ouvrit la bouche pour répondre, mais la voix du barbu leur parvint du dehors :

— Vous avez entendu ? Les petits criminels sont dans la partie en chantier de la clinique. Faut y aller !

— Peut-être que certains devraient quand même rester ici, devant l'entrée, au cas où, répliqua une voix qui ressemblait beaucoup à celle de Hal.

Violette remit sa tête dans la boîte.

— Votre attention, s'il vous plaît! Ici Mme Babs, votre D.R.H. Personne, absolument personne, ne doit rester devant l'entrée de la clinique. C'est devenu beaucoup trop dangereux. Veuillez vous rendre immédiatement du côté de l'aile inachevée. Terminé.

— Je vois d'ici le gros titre, déclara une troisième voix. LES ASSASSINS BAUDELAIRE CAPTURÉS DANS L'AILE INACHEVÉE DE LA CLINIQUE. Quand les lecteurs du *Petit pointi*...

Une rumeur montante couvrit le restant de la phrase, puis s'affaiblit comme une vague tandis que la foule se déplaçait en masse vers l'autre côté du bâtiment.

— Ça marche! se réjouit Violette. Nous voilà aussi doués qu'Olaf pour berner les gens.

— Et aussi doués que lui pour nous déguiser, dit Klaus.

— Nagram, fit Prunille.

— Et aussi doués que lui pour mentir, soupira Violette qui songeait à Hal, aux volontaires, au boutiquier de La dernière chance. Peut-être qu'on est en train de devenir aussi crapules que lui...

— Ah non! protesta Klaus. On n'est pas des crapules. On est même des gens bien. Nous, ces trucs-là, on les fait pour sauver notre peau.

— Olaf aussi les fait pour sauver sa peau, observa Violette d'un filet de voix.

— Papareil, assura Prunille.

— Et si c'était pareil, justement? dit Violette, la mine sombre. Et si...

Un rugissement de fauve l'interrompit net, doublé d'une violente secousse à la porte. La montagne vivante triturait la poignée de ses énormes mains.

— On reparlera de ça plus tard, décida Klaus. Pour le moment, je crois qu'il est temps d'évacuer les lieux.

— Rappl? s'enquit Prunille.

— Non, malheureusement, dit Violette. Descendre en rappel, impossible. Pas avec une corde aussi mince et caoutchouteuse. Il va falloir sauter.

— Lastic? s'alarma Prunille.

— Oui, en saut à l'élastique, parfaitement. Il n'y a pas de quoi prendre cet air effaré. Des tas de gens font ça pour le plaisir, je ne vois pas ce qui nous empêcherait de le faire pour sauver notre peau. Je vais attacher cette corde au robinet, là, bien solidement, avec un nœud langue-du-diable, et nous allons sauter par la fenêtre, tour à tour. En principe, la corde devrait nous retenir sans nous laisser toucher le sol, et nous faire remonter, puis redescendre, puis remonter, puis redescendre, un peu comme un yo-yo, de plus en plus doucement à chaque rebond – jusqu'à nous déposer sur le plancher des vaches. Le premier descendu renverra l'élastique au suivant et ainsi de suite.

Klaus était sceptique.

— Hum, ça paraît risqué. Pas sûr que cette corde soit tout à fait assez longue.

— C'est risqué, reconnut Violette. Mais moins
que...

Un violent craquement les fit sursauter. Sous le
poing de l'assaillant, la porte s'était fissurée près
de la serrure. À travers la fissure, un filet de fumée
noire se ruait dans la pièce, à croire que l'adversaire
y coulait de l'encre de seiche. Violette noua la corde
au robinet et vérifia le nœud d'une secousse.

— J'y vais la première. C'est mon invention, à
moi de la tester.

— Non, dit Klaus. Pas chacun son tour.

— Semb, confirma Prunille.

Violette hésitait.

— Sauter ensemble tous les trois ? Pas sûr que
la corde tienne.

— Tant pis, trancha Klaus. Pas de premier, pas
de dernier. Pas cette fois. On s'en sort tous les trois
ou aucun de nous ne s'en sort.

— Mais si on saute un à un, dit Violette avec
fièvre, ça laisse plus de chance qu'au moins un de
nous survive. Pour retrouver celui de nos parents
qui est peut-être encore en vie. Pour comprendre
ce qui s'est passé. Pour essayer de traîner Ol...

Mais Klaus fut inflexible.

— On reste ensemble, un point c'est tout ! C'est

ce qui fait toute la différence entre la bande d'Olaf et nous.

Violette réfléchit une seconde, puis elle murmura :

— C'est vrai.

La porte craqua de nouveau – sous l'effet d'un coup de pied, cette fois, sans doute. À travers la fissure élargie, on devinait une lueur orange. Le feu et l'ennemi avaient gagné la porte à peu près en même temps.

— J'ai peur, murmura Violette.

— Moi aussi, chuchota Klaus.

— Terror, avoua Prunille.

La porte craqua derechef. Un ou deux fragments de charbon ardent se glissèrent par la fissure.

Les trois enfants se consultèrent du regard, puis chacun d'eux saisit la corde élastique d'une main. De leur main libre, ils se cramponnèrent en petite grappe et, sans un mot de plus, ils se jetèrent tous trois par la fenêtre de l'étage

## STOP

Il est, en ce bas monde, bien des choses que j'ignore. J'ignore comment font les papillons pour émerger de leur cocon sans s'abîmer les ailes. J'ignore pourquoi certains font bouillir les carottes alors qu'elles sont tellement meilleures braisées. J'ignore

comment on fabrique l'huile d'olive ; j'ignore pourquoi les chiens aboient avant un séisme ; j'ignore
pourquoi certains escaladent des sommets alors
qu'on s'y gèle les orteils et qu'on y respire à grand-
peine, et pourquoi d'autres s'entêtent à résider dans
des quartiers résidentiels où le café n'a aucun goût
et où les maisons sont toutes pareilles. J'ignore où
se trouvent les enfants Baudelaire à l'instant où
j'écris ces lignes, s'ils sont en bonne santé ou même
s'ils sont encore en vie.

En revanche, il est des choses que je sais, et je
sais par exemple que la réserve du service Bobologie de la clinique Heimlich n'était située ni au
troisième étage ni au quatrième, contrairement à ce
que pensait Klaus. Elle n'était en fait qu'au second,
si bien que lorsque les trois enfants se jetèrent dans
le vide à travers la fumée, cramponnés à leur cordage improvisé, l'invention de Violette fonctionna à
merveille. À la manière d'un yo-yo, le trio rebondit
en douceur une fois, deux fois, trois fois, effleurant
de la plante des pieds les buissons plantés là, et au
quatrième rebond, ce fut l'atterrissage final et les
embrassades éperdues.

— Sauvés ! chuchota Violette. De justesse, mais
sauvés.

Et les trois enfants, se retournant, virent à quel
point c'était de justesse. Tout le bâtiment rougeoyait
comme un immense fantôme en furie. De grandes

gerbes de flammes jaillissaient des fenêtres, des spirales de fumée fusaient à travers les trouées des murailles. L'air était empli du fracas des explosions de vitres et du craquement des planchers près de s'écrouler. Malgré eux, les enfants songeaient à la grande demeure de leur enfance, qui avait connu la même fin.

Prudemment, ils s'écartèrent du bâtiment condamné pour aller se planter un peu plus loin, blottis les uns contre les autres, au milieu des tourbillons de cendres et de fumée.

— Et maintenant, où aller ? cria Klaus par-dessus le ronflement de l'incendie. Les gens vont bien se rendre compte qu'on n'est pas dans l'aile inachevée et ils vont revenir par ici.

— Sprint ! cria Prunille.

— Mais pour aller où ? répondit Violette. On n'y voit plus rien. La fumée envahit tout !

— Tous à quatre pattes ! cria Klaus, montrant l'exemple. Dans mon *Encyclopédie de la survie*, j'ai lu qu'en principe, dans un incendie, il y a davantage d'oxygène près du sol ; ça permet de respirer moins mal. Mais c'est vrai qu'il faut trouver un refuge, et vite.

— Un refuge ? s'écria Violette, à quatre pattes à son tour. Oui mais où ? Cette clinique est le seul bâtiment à des kilomètres à la ronde. Et le feu est en train de la raser propre et bien !

— Où, je n'en sais rien, toussota Klaus. Mais on est du mauvais côté du vent, il rabat toute la fumée sur nous !

C'est alors qu'une voix grinça sur leur gauche :

— Par ici ! Dépêchez-vous !

Au même instant, une forme sombre émergea de la fumée, et les enfants distinguèrent une longue limousine noire qui se rangeait en douceur, moteur éteint, devant l'entrée de la clinique. Une automobile est une sorte de refuge, bien sûr, mais le timbre de la voix était trop familier. Les enfants se plaquèrent au sol, n'osant plus bouger d'un pouce.

— Accélérez le mouvement ! reprit le comte Olaf. Sinon, tant pis, je file et je vous laisse tous en plan !

— J'arrive, mon cœur, j'arrive, répondit la voix d'Esmé. MacFool et Flocamot sont avec moi, les dames suivent par-derrière. Je leur ai dit de faire une razzia de blouses blanches. On ne sait jamais, ça peut toujours servir.

— Bien pensé. Tu vois la voiture, au moins, dans cette fumée ?

— Je la devine, répondit Esmé, et sa voix se fit dangereusement proche par-dessus le cliquetis de ses talons. Ouvre le coffre, chéri, que les filles y mettent les costumes.

— Bon, se résigna Olaf, et sa longue silhouette s'extirpa de la voiture.

— Attends-nous, Olaf! cria le chauve au long nez quelque part non loin de là.

— Abruti, gronda Olaf. Je vous l'ai dit, pourtant, de m'appeler Mattathias tant qu'on serait dans le coin. Bon, et grouillez-vous! Le dossier Snicket n'était pas aux Archives, mais j'ai ma petite idée sur l'endroit où le trouver. Une fois ces treize pages supprimées, plus rien ne pourra nous arrêter.

— Il restera encore à supprimer deux Baudelaire, rappela Esmé.

— Ce serait déjà fait, siffla Olaf, si vous n'aviez pas cafouillé, vous tous. À quoi ça sert que je nous mitonne des plans béton? Mais bon, pour l'instant, l'important, c'est de filer avant que les autorités rappliquent.

— Sauf que l'Énorme est encore au service Bobologie, à la poursuite de ces petits morveux! signala le chauve, et les enfants l'entendirent ouvrir une portière.

— Le service Bobologie, il n'en reste plus rien, grogna l'homme aux crochets, et les enfants virent sa silhouette s'engouffrer dans la voiture à la suite du chauve. Espérons qu'il a pu sortir à temps.

— Tant pis pour cette cervelle de moineau, grommela Olaf. Pas question de l'attendre. Dès que vous aurez fourré vos affaires dans le coffre, Mesdames, on va voir ailleurs, et vite! Le feu est un superbe spectacle, c'est entendu, mais il vaudrait mieux ne pas traîner dans les parages. Sans compter que j'aimerais mettre la main sur ce dossier Snicket au plus vite, avant Vous-Devinez-Qui, en tout cas.

— Et l'authentique, cette fois.

Le coffre s'ouvrit en grinçant et, à travers les tourbillons de fumée, les enfants virent se soulever le rectangle sombre de l'abattant. Détail curieux, cet abattant était criblé de petits trous ici et là – des impacts de balle, apparemment, peut-être le souvenir de démêlés avec la police.

Olaf regagna l'avant de la voiture et se remit à aboyer.

— Hé ! qu'est-ce que vous faites à l'avant, imbéciles ! L'avant, c'est pour Esmé. Vous quatre, vous vous casez derrière.

— Bien, patron, marmonna le chauve.

— Voilà, ça y est, on arrive avec les costumes ! annonça une voix nouvelle, un peu plus loin dans la fumée. On a couru tant qu'on a pu...

Violette se rapprocha de ses cadets et leur chuchota à l'oreille :

— Il va falloir se glisser là-dedans.

— Dans quoi ? chuchota Klaus.

— Dans le coffre de la voiture. C'est notre seule chance de filer sans nous faire capturer – ou pire.

— Coulerk ? fit Prunille tout bas ; autrement dit : « Quoi ? Dans la gueule du loup ? »

— Eh oui, souffla Violette. Il faut mettre la main sur ce dossier Snicket, et il faut le faire avant Olaf. C'est notre seule et unique chance de prouver notre innocence.

— Notre unique chance aussi de traîner Olaf devant la justice.

— Ezzan, ajouta Prunille; en d'autres mots : « Et notre unique chance de découvrir si l'un de nos parents a bel et bien échappé au feu. »

— Vous avez entendu ce qu'Olaf a dit, reprit Violette. Le dossier Snicket, il sait où le trouver. Enfin, il croit le savoir. Et il y fonce tout droit. Donc, il faut absolument y foncer tout droit nous aussi. Je ne vois pas d'autre moyen que de nous cacher dans ce coffre.

— B'alors ? Ça vient ? aboya Olaf, le nez à la portière. Vous chargez ces costumes et vous embarquez, oui ou non ? Je vous préviens, je compte jusqu'à trois !

Les enfants Baudelaire se prirent par la main, en serrant si fort que ça faisait mal.

— Songez à tout ce que nous avons déjà traversé ! chuchota Violette à ses cadets pour leur donner courage. Si l'un de nos parents est vivant, il faut le retrouver à tout prix.

— Uuuun ! lança Olaf.

Klaus regarda ce coffre béant, pareil à un gosier de monstre.

— Tu as raison, souffla-t-il. En plus, ici, on risque l'asphyxie. La fumée, j'ai lu ça quelque part, c'est aussi traître que le feu. On y va !

— Niva ! fit Prunille.

— Deuuuux !

Les trois enfants se redressèrent, ils gagnèrent la voiture d'un bond et se fourrèrent dans le coffre.

L'endroit empestait – cocktail atroce de vieux bouchon moisi et de chiffons sales –, mais les enfants retinrent leur souffle et se recroquevillèrent tout au fond, le plus loin possible de l'ouverture afin de se rendre invisibles.

— 'Ttendez ! cria l'une des dames poudrées. Plus qu'à fourrer ça là-dedans... (Les enfants sentirent se déverser sur eux un tombereau de blouses blanches et de gants de latex.) Voilà, ça y est. Pffou, ça devient irrespirable, ici !

— Et nous, souffla Klaus très bas, on va pouvoir respirer, au moins ?

— Oui, le rassura Violette. Ces petits trous suffiront. Bon, on fait plus accueillant, comme refuge, mais il va falloir s'en accommoder.

— Grolo, conclut Prunille ; autrement dit : « Et on s'en accommodera, en attendant mieux. »

— Trrrrois !

Le coffre claqua. Une portière claqua. Les enfants se retrouvèrent dans l'obscurité complète. Puis leur refuge improvisé se mit à vrombir, à vibrer ; le véhicule venait de démarrer et prenait de la vitesse.

Nichés comme des chiots tout au fond du coffre, les trois enfants ne voyaient rien du paysage, bien sûr. Mais ils n'avaient pas besoin de le voir, ils savaient à quoi il ressemblait : aussi plat qu'une pizza sans garniture et à peu près aussi invitant. Et ils n'avaient pas besoin de se parler non plus. La peur au ventre est une sensation qui se passe de description.

Mais pour les orphelins Baudelaire – si du moins ils étaient toujours orphelins –, le coffre du comte Olaf était tout de même un refuge, et ils se déclaraient assez forts pour s'en accommoder. En attendant mieux.

Bien cher éditeur,

J'espère que cette missive ne sera pas
mise en pièces par les féroc
    dans laquelle je me cache présente-
ment

    deux mille vingt-trois kilomètres et
demi du restaurant où vous avez fêté votre
dernier anniv

                ourrez de la sorte faire
l'échange (à la laverie la plus proche,
ou chez le bijout
    avec une longue
    moustache. Elle vous remettra le manus-
crit complet de "La fête féroce",
    ainsi qu'une sacoche conten

    que vous ne devrez réparer sous aucun
prétext
    survivant des                Baudel

            croquis représentant Chabo, le
bébé-loup, et Madame Lulu, ou du moins
ce qui rest

    Ne l'oubliez pas, vous êtes mon seul
espoir. Sans vous, jamais le public n'aurait
connaiss                        aventures
et mésaventures des trois orphelins
Baudelaire.

    Avec mes sentiments respectueux,

                        Lemony Snicket

**LEMONY SNICKET** est universellement reconnu comme l'un des auteurs pour la jeunesse les plus difficiles à arrêter et à jeter en prison. Tout récemment, il a dû renoncer à l'un de ses violons d'Ingres en raison de lois concernant la pratique de la musique en zone montagneuse.

**BRETT HELQUIST** est né à Gonado, Arizona, il a grandi à Orem, Utah, et vit aujourd'hui à New York où il s'efforce, entre autres nobles activités, de traduire les obscures découvertes de Mr Snicket en images, montrant toute l'horreur de la malédiction Baudelaire.

**ROSE-MARIE VASSALLO** ne s'attendait guère, en adoptant le trio Baudelaire (traduire est une forme d'adoption), à tant de chausse-trappes littéraires, d'anagrammes en acrostiches et autres messages cryptiques. Et qui sait ce que lui réserve la suite – logogriphe, palindrome ou charade à tiroirs?

# ☙ Cher lecteur ☙

Si tu n'as pas eu ton compte de malheurs en lisant ce livre, tu peux acheter les autres épisodes qui relatent la vie des enfants Baudelaire chez ton infortuné libraire. Il te les vendra peut-être, bien malgré lui, à condition que tu insistes longuement. En effet, le sort ne cesse de s'acharner sur Violette, Prunille et Klaus, et c'est bien à regret que nous t'indiquons les titres qui relatent leurs malheurs en série :

Tome 1 – *Nés sous une mauvaise étoile*
Tome 2 – *Le laboratoire aux reptiles*
Tome 3 – *Ouragan sur le lac*
Tome 4 – *Cauchemar à la scierie*
Tome 5 – *Piège au collège*
Tome 6 – *Ascenseur pour la peur*
Tome 7 – *L'arbre aux corbeaux*

Si ces pauvres enfants survivent d'ici là, le mois d'octobre 2005 verra également la sortie du tome 9 de leurs funestes aventures…

Mais il est encore temps, cher lecteur, de te tourner vers des lectures plus riantes, comme te le recommandera certainement, pour ton bien, ton libraire préféré…